dtv

Im Oktober 1944 taucht auf einem Bauernhof in Niederösterreich ein junges Mädchen auf, verstört und offenbar ohne Erinnerung. Nelli wird aufgenommen und wächst in die Familie hinein. Einige Monate später kommt eines Nachts ein Russe auf den Hof. Er hat nichts bei sich außer einer Leinwandrolle, die er hütet wie seinen Augapfel. Zwischen ihm und dem Mädchen entspinnt sich eine zarte Beziehung, die durch das Eintreffen einer Gruppe von Wehrmachtssoldaten jäh unterbrochen wird. Glanzvoll und fulminant erzählt Paulus Hochgatterer die Geschichte eines verschollenen Gemäldes – und von einem einfachen Mann, der zum Helden wird.

Paulus Hochgatterer, geboren 1961 in Amstetten/Niederösterreich, lebt als Schriftsteller und Kinderpsychiater in Wien. Für sein umfangreiches Werk erhielt er diverse Preise und Auszeichnungen, wie den Literaturpreis der Europäischen Union 2009 und den Österreichischen Kunstpreis 2010. Er veröffentlichte zuletzt den Roman ›Das Matratzenhaus‹ und ›Katzen, Körper, Krieg der Knöpfe. Eine Poetik der Kindheit‹. ›Der Tag, an dem mein Großvater ein Held war‹ stand 2017 auf der Shortlist zum Österreichischen Buchpreis.

Paulus Hochgatterer

Der Tag, an dem mein Großvater ein Held war

Erzählung

dtv

Von Paulus Hochgatterer ist bei dtv außerdem lieferbar:
Eine kurze Geschichte vom Fliegenfischen (21072)
Die Süße des Lebens (21094)
Wildwasser (21151)

Ausführliche Informationen über
unsere Autoren und Bücher
www.dtv.de

MIX
Papier aus verantwortungsvollen Quellen
FSC® C019821

2019 dtv Verlagsgesellschaft mbH & Co. KG, München
Lizenzausgabe mit Genehmigung des Paul Zsolnay Verlags Wien

Umschlaggestaltung: Wildes Blut, Atelier für Gestaltung,
Stephanie Weischer unter Verwendung eines Fotos von
Trevillion Images/Krasimira Petrova Shiskova
Satz: C.H.Beck.Media.Solutions, Nördlingen
(Satz nach einer Vorlage des Paul Zsolnay Verlags)
Druck und Bindung: Druckerei C.H.Beck, Nördlingen
Gedruckt auf säurefreiem, chlorfrei gebleichtem Papier
Printed in Germany · ISBN 978-3-423-14704-0

Der Ausnahmezustand bezeichnet nicht die Diktatur, sondern einen rechtsfreien Raum, eine Zone der Anomie, in der alle rechtlichen Bestimmungen – insbesondere die Unterscheidung zwischen öffentlich und privat – außer Kraft gesetzt sind.

Giorgio Agamben

14. März 1945

Die Schwalben sind da. Manchmal verändert so etwas alles. Du stehst irgendwo, zum Beispiel vor dem Haus, und denkst nach oder betrachtest die Wolken wie an jedem Tag, und nach einer Weile merkst du, dass etwas anders ist. Du blickst erst den Horizont entlang, über die Hügel, die Dächer, die Baumkronen. Dann suchst du nach einem Pfeifen in der Luft, nach einem Brummen oder vielleicht nach einem Geruch. Am Ende schaust du nach, ob du dir unbemerkt in deine Kleider ein Loch gerissen hast, am Ärmel vielleicht, am Knie oder unter der Achsel. Du findest nichts. Plötzlich weißt du es: Es sind die Schwalben, die zurück sind.

Sonst ist heute alles wie gestern. Die jagenden Wolken, die Maulwurfshügel, die abgebrochenen Äste unter den Obstbäumen, der Kleiber, der vorne die Scheunenwand auf und ab läuft. Kleiber sind Glückstiere, sagt Laurenz, genau wie Kröten oder Igel oder Hirschkäfer. Elstern und Füchse bringen Unglück, sagt er. Die Schwalben stoßen herab wie Pfeile und ziehen schräge Schleifen zwischen Scheune und Stall. Es sind die mit den weißen Bäuchen und den V-Schwänzen, nicht die mit den Gabelschwänzen und den roten Kehlen. Rauchschwalben, Mehlschwalben. Es ist sinnlos, ich verwechsle sie ständig. Ab und zu setzen sie sich für ein paar Sekunden auf den Scheunenfirst. Bei den Schwalben bin ich mir nicht sicher, ob sie Glück bringen oder Unglück.

Ich gehe hinten ins Haus, steige die Treppe hoch, trete rechts in die Mädchenkammer und hole mir eins der braunen Hefte aus dem Schrank, einen Bleistift und das kleine Taschenmesser mit dem Horngriff. Keiner sieht mich. Wieder runter und raus. Ich laufe vom Scheunentor schräg über die Wiese zum Hausgarten, den grauen Lattenzaun entlang und dann zwischen den Feldern den Hügel hinauf. Ganz oben, seitlich von einem verkrüppelten Schlehdornbusch, drehe ich mich rasch um die eigene Achse, einmal und noch einmal und noch einmal. Dann setze ich mich in die Wiese. An dieser Stelle, dicht neben dem Busch, ist der Boden fast immer trocken. Ich blicke mich um. Hier sehe ich alles. Hier ist mein Platz.

Sie sagen, ich heiße Nelli. Manchmal glaube ich es, manchmal nicht. Manchmal denke ich, ich heiße Elisabeth oder Katharina. Oder Isolde, wie die junge Verkäuferin aus dem Hutgeschäft. Von Zeit zu Zeit gehe ich ihretwegen runter in die Stadt. Wenn ich vor dem Geschäft auf der Straße stehe und durchs Schaufenster blicke, schwebt drinnen der Isoldenoberkörper durch den Raum, die Regale entlang, hin und her. Der Kopf mit dem kastanienroten Aufsteckzopf schwebt mit. Von der Taille abwärts sieht man sie nicht. Ich stelle mir vor, dass sich ihre untere Hälfte irgendwo hingesetzt hat. Vielleicht ist ihr das Hin-und-her-Gehen zu anstrengend geworden. Vielleicht mag sie auch den Aufsteckzopf nicht oder die Art, in der die obere Hälfte *Was kann ich für Sie tun?* sagt. Solche Dinge erzähle ich aber niemandem.

Sie sagen, ich bin dreizehn, es gebe da ein Dokument, genau genommen einen Zettel mit Stempel, auf dem mein Name und mein Geburtsdatum stehen. Ich habe den Zettel nie gesehen. Außerdem ist mir mein Geburtstag egal. Hier feiert niemand Geburtstag. Namenstag ja, Geburtstag nein. Wann mein Namenstag ist, weiß keiner. Wenn ich nach ihm frage, zucken sie mit den Schultern. Wenn ich nach der Schule frage, werden sie nervös. Laurenz sagt, der Mensch muss zwar etwas lernen, aber alles zu seiner Zeit. Momentan sei es für alle das Beste, wenn ich mit der Schule noch eine Weile warte. Was für mich wirklich das Beste ist, weiß ich nicht.

Ein paar Dinge weiß ich sicher: Ich bin seit einhundertsechsundvierzig Tagen da. Ich habe einen Plan. Manchmal lüge ich.

Ab dem dritten oder vierten Tag habe ich in mein erstes braunes Heft Striche gemacht, auf die letzte Seite und für jeden Tag einen. Vier Striche senkrecht, einen quer, lauter Fünferpakete. »Woher weißt du, wie das geht?«, hat mich Laurenz gefragt. »Keine Ahnung«, habe ich gesagt, und er drauf: »Wie ein Kampfpilot.« Das Heft hat er mir damals gegeben, einfach so. »Du siehst aus wie eine, die gern schreibt«, hat er gesagt. Er selbst habe auch einmal so ausgesehen. Das habe dazu geführt, dass man ihn erst ins Priesterseminar gesteckt und dann zum Frontschreiber gemacht habe. Mitten im Winter sei er im Bunker gehockt und habe

Tagesberichte verfasst. Um den Stift besser halten zu können, habe er sich am Daumen und Zeigefinger seines rechten Wollhandschuhs die Spitzen weggeschnitten. Das ist das Einzige, was mich an dieser Geschichte wirklich interessiert. Alles andere – Schnee und Bajonett und Mann gegen Mann – interessiert mich überhaupt nicht. Ich habe mit Antonia geredet. Sie hat versprochen, mir Handschuhe mit abklappbaren Fingerspitzen zu stricken. Sie geht in die vierte Klasse Hauptschule und strickt so schön, dass man meint, die Sachen kommen aus der Fabrik.

Ich hocke auf den Fersen und schaue bloß. Die Dächer der Stadt, drei Kirchtürme, das Rathaus, der Hügel, auf dem sich die Obstbaumzeilen treffen, der Buchenwald, die Nachbarhäuser, der Graben mit dem Löschteich und den Bienenstöcken. Im Süden, ganz weit weg, die Berge. Sonntagberg, Hochkogel, Ötscher. So sagen sie. Jeder Berg hat seinen Platz, und jeder Berg hat seinen Namen. Oben auf dem Sonntagberg steht eine Kirche, das sieht man genau.

Im Moment ist der Himmel leer. Wolken und die Sonne zählen nicht. Der Mond und die Sterne würden auch nicht zählen. Flugzeuge zählen, Gänse, die im Keil fliegen, und Bussarde, wenn sie ihre Kreise ziehen. Schwalben würden zählen, aber ich sehe gerade keine.

Annemarie kommt. Auf dem Kies des Weges höre ich ihre Schritte. Sie geht rasch, ein wenig unregelmäßig, dann bleibt sie stehen. Ich konzentriere mich auf jene Stelle, an der der Weg über die Kante des Hügels führt. Zuerst erscheint Annemaries Scheitel, das dunkelblonde Haar straff zur Seite gekämmt. Hinter den Ohren wird es zu Zöpfen. Die Ohren selbst abstehend wie kleine Flügel. Der Leibkittel mit dem Blumenmuster und der Knopfleiste, die bloße Zierde ist. Sechs winzige, hellblaue Knöpfe, die nur aufgenäht sind und in Wahrheit gar nichts knöpfen. Die Schultern mit den Trageriemen der Schultasche. Sie merkt, dass ich da sitze, und hebt den Kopf. Ihr Gesicht ist dreieckig, rotfleckig und nass. Ich stehe auf. »Was hast du?«, frage ich. Sie sagt nichts. »Warum weinst du?«

Alle nennen sie *die Kleine*, obwohl sie für ihre acht Jahre eigentlich ziemlich groß ist, die Zweitgrößte in der Klasse, behauptet sie. Sie ist die jüngste der fünf Schwestern, wahrscheinlich kommt daher *die Kleine*. Grete, Katharina, Antonia, Roswitha und Annemarie – die fünf Schwestern. Nach ein paar Tagen hatte ich es. Alle fünf schauen aus wie ihre Mutter. »Die Natur hat gegen den Vater entschieden«, sagt Laurenz. Was braucht eine Tochter auch auszuschauen wie ihr Vater, frage ich mich. Ich sage aber nichts. »Leo schaut ein wenig aus wie sein Vater«, sagt Laurenz. Davon hat der Vater allerdings nichts, denn Leo ist derzeit nicht da. Leo, der einzige Sohn.

Annemarie steht da, schaut an mir vorbei, und Tränen rinnen ihr die Wangen runter. »Was hast du?«, frage ich noch einmal. Es beutelt sie von oben bis unten. »Nichts«, sagt sie. Ich stelle mir vor, wie Frau Gretz, ihre Lehrerin, sie nach vorn zur Tafel holt und Sätze schreiben lässt, *Die Narzissen blühen prächtig* zum Beispiel oder *Auch der Apfelbaum trägt schon Blüten*. Ich stelle mir vor, wie Annemarie die Punkte auf den Umlauten vergisst, *Blühten* schreibt, mit stummem h, und sich bei *Narzissen* zwischen Doppel-s und scharfem S nicht entscheiden kann. Ich stelle mir vor, wie die Gretz in ihrem grauen Kostüm mit den Abzeichen auf dem Revers sich aufpflanzt, dick und rotgesichtig, den Zeigestab aus Bambus in der Hand, und es macht in dem Moment gar nichts, dass sie einen Mann mit weggeschossenem Bein zu Hause hat und eine Mutter, die den Namen ihrer Tochter nicht mehr kennt und manchmal Vogelfutter isst. Sie hebt den Bambusstab und knallt ihn mit Wucht auf den Lehrertisch. Ich stelle mir vor, wie der Hall eine Sekunde lang in der Klasse schwebt und es in diesem Augenblick um Annemarie geschehen ist.

Ich nehme sie in die Arme. »War es die Gretz?«, frage ich. Sie schüttelt den Kopf. »Hat sie dich angeschrien?«, frage ich. Ich stelle mir vor, wie die Gretz alle, von denen sie annehmen kann, dass sie ein wenig unsicher sind, vor die Tafel holt und *Blüte, Narzisse* und *prächtig* schreiben lässt, und wie sie herumbrüllt und sich lustig macht. Ich lege mein Gesicht an Annemaries Kopf und schnuppere an ihrem Haar. »Heute schläfst du bei mir«, sage ich und stelle mir vor, wie wir beide seitlich im Bett liegen, sie vor mir, wie ich ihren Rücken spüre, der schmal ist wie der Rücken einer jungen Ziege, und wie sie am Kopf nach Wald und am Hals nach Milch riecht.

»Hat sie dich *Blüte* schreiben lassen?«, frage ich, und, als sie erneut den Kopf schüttelt: »War es etwas anderes? Hast du etwas gesehen? Seid ihr zur Bahn gegangen? Habt ihr in die Bombentrichter geschaut?« In die Bombentrichter werfen sie manchmal Dinge, Gerümpel oder tote Tiere. »Gab es Fliegeralarm?«, frage ich noch, »oder hast du jemanden getroffen, jemand Fremden?« Sie schaut durch mich hindurch und sagt nichts mehr.

»Komm, gehen wir«, sage ich. Wir nehmen den Weg durch den Graben. Auf ihm nähert man sich dem Hof von unten. Eine Weile sieht man ihn gar nicht mehr, und plötzlich, nach dem Löschteich, taucht er wieder auf, erst das rote Dach, dann die Fensterreihe des Obergeschoßes, dann alles. Ich mag es, wenn die Dinge auftauchen. Ich erzähle Annemarie, wie sie mir selbst damals die Gretz gezeigt hat, am Sonntag in der Kirche, wie sofort zu spüren war, dass diese Frau ganz links in der ersten Reihe in ihrem Kostüm aus festem grauem Stoff allen anderen nur Schlechtes wünscht, und wie Laurenz nach der Messe gesagt hat: »Die Gretz sieht aus wie eine Fliegerabwehrkanone.«

Wir gehen an den Holundersträuchern am Teich vorüber. Ein paar Meisen hüpfen in den Zweigen rum. Auf dem Weg liegt die abgestreifte Haut einer Ringelnatter. Ich steige in einem großen Schritt darüber hinweg, da sagt Annemarie plötzlich: »Die Agnes hat mich wieder reingeholt.« »Welche Agnes?«, frage ich, obwohl ich die Antwort kenne. Annemarie bleibt stehen.

Sie habe vor dem Haus gewartet, den Arbeitskittel über dem schwarzen Kleid, das Haar unter dem dunkelblauen Tuch mit den silbernen Streifen, so wie immer. Zuerst habe sie Annemarie gefragt, ob sie die beiden Kälber sehen wolle, die am Vortag gekommen seien, Zwillingskälber, das gebe es nicht so oft. Als sie, Annemarie, gesagt habe, nein, sie hätten selbst ein neugeborenes Kalb im Stall, habe Agnes sie an den Oberarmen gefasst. Annemarie bleibt stehen und schaut mich an. »Und dann hat sie gesagt, ich muss mit ihr reingehen«, erzählt sie, »erstens bin ich ein braves Mädchen, und zweitens traut sie sich allein nicht mehr, hat sie gesagt, und dann hat sie gesagt, irgendwann bringt er sie oder sich selbst um. Wenn ich mit hineingehe, tut er das nicht gleich, hat sie gesagt.« »Wer ist er?«, frage ich. Ich kenne auch hier die Antwort.

Sie habe sich nicht getraut zu widersprechen. Als sie mit Agnes das Haus betreten habe, sei dort ansonsten kein Mensch gewesen. Agnes habe sich ängstlich umgeschaut und sie dann rasch in die Stube geschoben, schnurstracks vor das Bild, das da über dem Esstisch hängt. Sie habe sie auf die Bank gedrängt und sich neben sie gesetzt. »Sie hat gesagt, sie will auch wieder ein Kind«, sagt Annemarie, »sie hat gesagt, sie hat ein Recht darauf, und es muss ja nicht unbedingt ein Bub sein wie der Rudi.« Dann habe sie gesagt, dass sie, Annemarie, ein Mädchen sei, wie es sich eine Mutter wünsche, sauber, hilfsbereit und rasch von Begriff. Der Rudi sei auch so gewesen, vor allem rasch von Begriff, das könne man immer noch an seinen Augen sehen. Sogar seinen Namen habe er schon schreiben können, obwohl er noch nicht zur Schule gegangen sei. Sie, Annemarie, könne schon viel mehr schreiben, das wisse sie, und lesen und Heimatkunde und das Einmaleins.

Der Wind fährt durch den Graben. Die jungen Blätter der Birken leuchten gelb. Wenn man nicht genau hinschaut, kann man meinen, es sind lauter Blüten. Es ist einer jener Augenblicke, in denen du erwartest, dass vor dir jemand auf den Weg tritt, ein Mann oder ein Hase zumindest. Aber es kommt keiner.

Annemarie wischt sich mit dem Ärmel über die Wangen. »Ich mag die Fotografie nicht«, sagt sie. »Welche Fotografie?«, frage ich. »Den Rudi«, sagt sie, »sein Pullover ist hässlich, und seine Hose ist so weit, und er schaut dich an wie von anderswo.« Dass er einen wie von anderswo anschaut, hat schon seine Richtigkeit, denke ich, sage es aber nicht. Annemarie ist jetzt ganz weiß. Am Ende habe Agnes sie gefragt, ob sie denn wisse, was eine Adoption sei. Sie habe gesagt, ja, das wisse sie, eine Adoption sei etwas für Kinder, die keine Eltern haben, und Agnes habe gesagt, im Prinzip schon, aber manchmal sei es auch umgekehrt.

17. März 1945

Die Küche hat drei Fenster, eins nach Osten, zwei nach Süden. Durch sie legt sich das Licht in breiten schrägen Bändern in den Raum. Das Mehl in der Luft lässt alles flirren wie in einer Feengeschichte. Ich sitze neben der Tür zur Stube auf einem alten dunkelbraunen Stuhl mit herzförmig durchbrochener Lehne. »Hat Mehl einen Geruch?«, frage ich.

Die Bäuerin knetet Brotteig und schwitzt. Antonia geht in großen Schritten auf und ab und sagt laut ein Gedicht auf, das mit einer Burg im Elsass beginnt, die der Sage wohlbekannt ist. Ich habe keine Ahnung, warum sie das macht. Vorgestern kam die Nachricht, dass der Schulunterricht bis auf weiteres ausfällt, auch nach den Osterferien. Antonia hat gesagt, sie verstehe das nicht, das Gebäude der Hauptschule sei doch vollkommen unversehrt. Kein Bombentreffer, nicht einmal Risse in den Mauern. Lediglich das Haus oberhalb, das mit der Fleischerei im Erdgeschoß, habe es erwischt. Einen Fleischergehilfen auch. Angeblich habe nur noch sein Kopf aus dem Schutt geschaut; er sei von einer Schicht roten Ziegelstaubs überzogen gewesen.

»Wonach riecht Mehl?«, frage ich. Antonia hält in ihrem Hin-und-her-Rennen inne, dreht sich um und starrt mich an. »Das ist die blödeste Frage, die ich je gehört habe!«, faucht sie. Die Bäuerin hebt den Kopf. »Vertragt euch«, sagt sie. Sie teilt den Teig mit einem großen Messer in acht Klumpen, knetet die Stück für Stück durch, bemehlt sie zwischendurch und wirft jeden einzelnen von ihnen immer wieder mit Schwung gegen das Teigbrett.

»Warum lernst du ein Gedicht auswendig, wenn gar keine Schule mehr ist?«, frage ich Antonia. »Halt die Pappen!«, sagt sie und läuft weiter hin und her. Ihre Zöpfe fliegen. Ich merke mir jede Zeile, die sie aufsagt, ohne dass ich es will. *Mit wen'gen raschen Schritten durchkreuzte sie den Wald.* Es stört mich, aber ich kann nichts dagegen tun.

»Großmutter ...?«, versuche ich die Bäuerin etwas zu fragen. »Du sollst die Pappen halten, habe ich gesagt!«, unterbricht mich Antonia. Ich rede nicht weiter und frage sie, wann sie mir endlich die Handschuhe mit den abklappbaren Fingerspitzen strickt. »Nur am rechten«, sage ich. »Die kannst du dir an den Hut stecken!«, sagt sie. Außerdem sei – zum hundertsten Mal – ihre Mutter nicht meine Großmutter. »Lass sie doch«, sagt die Bäuerin zu Antonia, »sie sagt ja eh nicht *Mutter.*« Eine Mutter sei ein Geschenk, und wer noch eine habe, solle froh sein. *Großmutter* sei trotzdem falsch, sagt Antonia, keine ihrer Schwestern habe ein Kind, und Leo ihres Wissens auch nicht. *Großmutter* sei also grundsätzlich falsch.

Die Bäuerin bemehlt die acht flachen Strohkörbe, die hinter dem Teigbrett an der Wand lehnen, einen nach dem anderen. Sie formt die Teigklumpen zu Kugeln, legt sie in die Körbe, rückt diese aneinander und deckt sie alle mit einem großen blauen Tuch zu.

Je länger das Gedicht dauert, umso öfter muss Antonia in ihr Buch schauen. Am Ende liest sie nur noch. *Du findest sie nicht mehr.* – Das ist der letzte Satz. Ich stelle mir vor, wie irgendein böser Mensch kommt, ein Russe oder ein Mann mit einem Gewehr, und Antonia statt des Brots in den Backofen schiebt. Vielleicht hüllt er sie zuvor in das blaue Tuch, damit man das Entsetzen in ihrem Gesicht nicht sieht. Bevor er das macht, will ich aber meine Handschuhe haben.

»Du weißt, was mit ihrer Mutter passiert ist«, sagt die Bäuerin. Sie wischt sich die Hände an der Schürze ab und setzt sich an den Tisch mit den Körben. Antonia blickt gegen die Wand. »Keiner weiß das«, sagt sie, »nicht einmal sie selbst.« »Sie kann es nicht wissen«, sagt die Bäuerin, »sie hat einen Kriegsschaden.« »Einen Dachschaden hat sie«, sagt Antonia, »sie weiß gar nichts, und wenn sie etwas weiß, lügt sie.« Sie solle bitte aufpassen, sagt die Bäuerin – wer eifersüchtig sei, versündige sich leicht. Ruckzuck, und schon sitze man ganz hinten im Fegefeuer. »Sie weiß entweder nichts, oder sie lügt«, wiederholt Antonia. Jetzt blickt sie mir in die Augen. Ihre Brauen sind dunkler als ihr Haar, und ihr Scheitel macht eine leichte Kurve. Es ist seltsam – manchmal mag man Leute, obwohl sie schlecht über einen reden.

Sie könne sich an den siebzehnten Oktober gut erinnern, erzählt die Bäuerin, es sei ein regnerischer kalter Dienstag gewesen. Wie üblich habe sie am Morgen mit ihrem Mann und mit Laurenz die Milchkannen auf den Karren geladen, um sie zum Sammelplatz zu bringen, da sei plötzlich dieses Geräusch in der Luft gewesen. Zu dritt seien sie vor dem Hoftor gestanden und hätten gelauscht. Der Bauer habe gesagt: »Als täten die Bienen schwärmen«, und, ein paar Minuten später, als die ersten Einschläge zu hören gewesen seien: »So als wär' Treibjagd.« Laurenz habe nach einer Weile den Kopf geschüttelt und gesagt: »Keine Bienen, sondern Engländer, über den Nibelungenwerken. Lancaster, sicher zwanzig, dreißig Stück.« Lancaster, das habe sie sich gemerkt, das sei wie Messerschmidt.

Sie wisse inzwischen auswendig, wie die Angelegenheit weitergehe, sagt Antonia. Zwei Tage später sei ich aufgetaucht, wie ein Gespenst, Katharina habe mit dem Ross Futterrüben vom Feld geholt, und bei ihrer Heimkehr sei ich plötzlich auf dem Wagen gesessen, stumm und voller Dreck. »Stimmt, stumm und voller Dreck«, sagt die Bäuerin. *In einer dunkelblauen Schlosserjacke, viel zu dünn für die Kälte, zittrige Hände und blaue Lippen und blablablabla*, sagt Antonia und schlägt am Ende mit der flachen Hand aufs Fensterbrett: Weshalb um Himmels willen müsse sie sich schon wieder diese öde Geschichte anhören. »Vielleicht kann sie sich irgendwann einmal erinnern«, sagt die Bäuerin. »Das glaubst du doch selber nicht«, erwidert Antonia.

Ich könnte die Sache jetzt zu Ende erzählen: dass man mich tagelang nach meinem Namen und meiner Familie gefragt habe und ich kein Wort von mir gegeben hätte. Dass ich mit weiten Augen in die Welt gestarrt hätte, als sei mir der Teufel persönlich begegnet, und dass ich, als man eigentlich schon aufgegeben hatte, auf Roswithas Frage, ob mir vielleicht andere Personen einfielen, ein Nachbar zum Beispiel oder eine Nachbarin, gesagt hätte: »Ja, Frau Schwertner.«

An diesem siebzehnten Oktober seien unmittelbar neben den Nibelungenwerken in Herzograd, Sankt Valentin, zwei Gebäudeblocks mit Werksunterkünften niedergebombt worden. Bei einer der Bewohnerinnen, die man an den Folgetagen tot geborgen habe, habe es sich um Marie Schwertner gehandelt, eine alleinstehende Schreibkraft aus der Lohnverrechnung der Fabrik. In der Wohnung neben der ihren sei eine jüngst zugezogene donauschwäbische Familie namens Deinhardt unter den Trümmern umgekommen, Vater, Mutter und zwei Söhne. Die Tochter, Cornelia, dreizehn Jahre alt, habe man weder gefunden, noch sei sie anderswo aufgetaucht.

Da die Schlosserjacke, in der ich steckte, als mich Katharina auf den Rübenwagen lud, einen Aufnäher der Nibelungenwerke trug, sei Großvater, der Bauer, auf die Gemeinde gegangen, um sich zu erkundigen, ob ich eventuell vermisst oder abgängig gemeldet sei. Auf die telegrafische Anfrage in Sankt Valentin sei zwei Tage später eine Antwort gekommen. Die Beschreibung meiner Person passe auf die vermisste Cornelia Deinhardt, die angesichts der bedauerlichen Umstände ab sofort als Vollwaise und als in staatlicher Obsorge befindlich anzusehen sei. Auf Grund der herrschenden Bedrohungslage ersuche man die hierortige Fürsorge, von einer Rückführung nach Sankt Valentin Abstand zu nehmen und das Mädchen bis auf weiteres nämlicher Familie Jakob und Barbara Leithner zur Pflege zuzuweisen. Eine Abgeltung der geleisteten Aufwendungen werde selbstverständlich erfolgen. In Anbetracht der derzeit fehlenden Legitimation des Mädchens solle das Standesamt vor Ort ein provisorisches Identitätsdokument ausstellen, bitte, danke, Heil Hitler.

Großvater habe den Zettel mit meinem Namen, meinem Geburtsdatum und dem Stempel auf den Tisch der Stube gelegt und auf Großmutters Frage, ob ich jetzt wohl ihnen gehöre, wortlos genickt. Großmutter habe den Zettel zusammengefaltet und nur einen Satz gesagt: »Bei uns heißt sie Nelli.«

So könnte ich erzählen. Ich tu es aber nicht, sondern sage bloß: »Ich glaube, ich werde mich nie mehr erinnern. Ich glaube, in meinem Kopf ist alles weggebombt.« Antonia fährt auf mich los. »Lügnerin!«, schreit sie. Dann rennt sie hinaus.

Ich sitze still da und frage mich, ob Mehl ein Geräusch macht, wenn es in der Luft flirrt. Die Bäuerin hat die Hände gefaltet und schaut auf das blaue Tuch. »Sie ist ganz durcheinander«, sagt sie nach einer Weile, »du musst das verstehen.« Alles löse sich auf, sagt sie, jetzt sei auch noch die Schule weg, der Leo sowieso. An ihm hänge Antonia am allermeisten. »Die Hürner Agnes möchte Annemarie adoptieren«, sage ich, weil mir im Moment nichts Besseres einfällt. »Ich weiß«, sagt die Bäuerin, »sie hat mit mir gesprochen.«

»Und?«

»Nichts und. Sie hat es auch nicht leicht.« Seit der Sache

mit dem Buben drehe Stefan, Agnes' Mann, in regelmäßigen Abständen vollkommen durch. Deswegen habe er auch immer noch nicht einrücken müssen. Ein Nervenarzt habe ihm ein Gutachten geschrieben, wonach er möglicherweise eine Gefahr für seine Kameraden darstelle. Stefan habe nicht einrücken müssen, Leo schon. Dabei sei es viel logischer, einen Verrückten in diesen verrückten Krieg zu schicken. So sage zumindest Laurenz, wenn ihm kein Fremder zuhöre.

»Erzählst du mir nachher eine Märtyrergeschichte?«, frage ich. Die Bäuerin schaut erst erstaunt, dann lacht sie. »Du mit deinen Märtyrergeschichten«, sagt sie. »Dafür brauche ich mein Heft«, sage ich und renne los.

Als ich zurückkomme, ist alles anders. Die Bäuerin sitzt da, beide Hände an die Tischkante gekrallt; Antonia starr neben ihr. Mitten in der Küche steht ein Mann, den ich nicht kenne. Er trägt eine Kniebundhose aus grauem Lodenstoff und am linken Oberarm eine Hakenkreuzbinde. Er ist klein, dick und glatzköpfig. »Ja, wen haben wir denn da?«, fragt er, als er mich sieht. Ich stelle mich an die Wand und schaue zur Bäuerin. Sie ist ganz blass. »Cornelia Deinhardt«, sagt Antonia.

»Aha, Deinhardt«, sagt der Mann und mustert mich.

»Eine Bombengeschädigte aus Sankt Valentin. Sie gehört jetzt uns.« Antonia schaut den Mann treuherzig an. Zugleich habe ich das Gefühl, sie würde ihm am liebsten ein Messer in die Kehle stoßen. Der Mann grinst. »Ich habe schon gedacht …«, sagt er. »Von einer ausgebombten donauschwäbischen Familie«, sagt die Bäuerin, »die Einzige, die übrig ist.« »Ist schon gut«, sagt der Mann und grinst jetzt nicht mehr. Er wolle noch über etwas ganz anderes sprechen. »Wo ist der Bauer?«, fragt er. »Auf dem Feld«, sagt die Bäuerin, »wieso?« »Wegen der Verdunkelung«, sagt der Mann.

»Was ist mit der Verdunkelung?«, fragt die Bäuerin. Der Mann zieht einen Zettel aus der Hosentasche und entfaltet ihn. »Es gibt eine Meldung«, sagt er.

»Was für eine Meldung?«

»*Das Haus leuchtet im Finstern wie ein Luster*«, liest er vom Zettel, »das ist die Meldung.«

Antonia springt auf. »So ein Blödsinn«, ruft sie, »leuchtet wie ein Luster – dazu müsste man es anzünden!« Die Bäuerin greift nach ihrem Oberarm. »Von wem stammt die Meldung?«, fragt sie. Das tue nichts zur Sache, sagt der Mann, Meldung sei Meldung. Er steckt den Zettel wieder in den Hosensack und wippt auf den Fußsohlen vor und zurück. Es sei doch wohl klar, wozu er bei derartigen Vorkommnissen verpflichtet sei, und es sei hoffentlich auch klar, was das für einen landwirtschaftlichen Betrieb, der in Zeiten wie diesen nach wie vor das Privileg zweier männlicher Arbeitskräfte genieße, bedeuten könne. »Das ist gelogen«, zischt Antonia, »welche Drecksau hat das gemeldet?!« »Sei still!«, sagt die Bäuerin. Sie bedeutet dem Mann, zu bleiben, und verlässt eilig die Küche.

Der Mann hebt erst das blaue Tuch von den Körben mit dem Brotteig, um drunter zu schauen, dann zeigt er mit dem Finger auf mich. »Woher kommst du?«, fragt er. »Aus Sankt Valentin«, sage ich.

»Das weiß ich. Ich meine: ursprünglich. Woher kommt deine Familie?«

»Aus Reschitz«, sage ich.

»Aus Reschitz?« Er hat keine Ahnung.

»Reschitz bei Temeswar«, sage ich, »im Banat.«

»Im Banat? Wie spricht man dort?«

»Deutsch«, sage ich, »die Donauschwaben sprechen Deutsch.«

»Liegt Reschitz an der Donau?«

»Nein«, sage ich, »aber fast.«

»Was heißt *fast*?«

»Severin liegt an der Donau. Eine andere Stadt. Man fährt dorthin eine Stunde mit der Bahn.«

Ich merke, dass Antonia mich anglotzt, als wäre ich ein Geist.

»In Reschitz gibt es also eine Bahn?«, fragt der Mann. In diesem Moment kommt die Bäuerin zurück. Sie trägt ein Bündel bei sich, das von einem karierten Geschirrtuch umhüllt ist. Sie drückt es dem Mann in die Hand. »Da«, sagt sie, »und jetzt geh.« Der Mann befühlt das Bündel. »Eine letzte Ausnahme«, sagt er, »eine allerletzte.«

»Sicher gibt es in Reschitz eine Bahn«, sage ich, »auch Schnellzüge gibt es.« Der Mann mustert mich noch einmal. »Und eine Synagoge?«, fragt er, »gibt es in Reschitz auch eine Synagoge?«

»Was soll das sein, eine Synagoge?«, frage ich.

Die Bäuerin tritt neben den Mann hin und legt ihm die Hand auf die Schulter. »Geh jetzt bitte«, sagt sie, »ich muss die Glut aus dem Backofen räumen. Sonst wird das Brot nichts.«

Als der Mann weg ist, glotzt mich Antonia immer noch an. »Was war denn das?«, fragt sie. »Was war was?«, frage ich zurück. »Reschitz, Banat, Donauschwaben«, sagt sie, »kannst du dich auf einmal erinnern?«

»Nein«, sage ich, »erstens lüge ich, wie du weißt, und zweitens habe ich in Heimatkunde aufgepasst: Banat, Wojwodina, Walachei klein, Walachei groß – das habe ich mir gemerkt.«

Antonia wendet den Blick ab. Dann murmelt sie etwas von den Drecksäuen, die Meldungen machen, um andere an die Front oder nach Dachau zu bringen. Die Bäuerin schaut besorgt und sagt, mit ihrem Mundwerk müsse Antonia bestimmten Leuten gegenüber sehr achtsam sein – von wegen Dachau.

Ich setze mich an den Tisch und schlage mein Heft auf. Die Bäuerin setzt sich mir vis-à-vis. »Katharina, Lucia oder Bartholomäus?«, fragt sie.

»Bartholomäus«, sagt Laurenz. Er steht plötzlich im Eingang zur Küche, die Haare zerrauft, in Gummigaloschen und in der schwarzen Schürze, die er bei der Arbeit immer trägt. Als wir ihn alle stumm anschauen, sagt er: »Manchen Leuten gehört die Haut abgezogen.«

»Lieber Lucia als Bartholomäus«, sage ich. Er lacht. »Ja, manchen Leuten gehören auch die Augen ausgestochen«, sagt er. Er ist bleich und atmet flach wie ein Hund.

Die Geschichte vom nicht ertrunkenen Kind

Es war der Sonntag nach Fronleichnam, als Rudi Hürner in den Mühlbach fiel und am Ende doch nicht ertrank. Fronleichnam selbst war am Donnerstag davor auch ins Wasser gefallen, buchstäblich, was man erstens Mitte Juni nicht erwarten hatte können und zweitens für den knapp Vierjährigen eine Katastrophe bedeutet hatte. Seine Eltern hatten ihm täglich vom bevorstehenden Umzug erzählt gehabt, von den jungen Birken, mit denen die ganze Stadt geschmückt sein werde, von den prunkvollen Altären an der Hauptstraße, von der Blasmusik und von den Körbchen, aus denen die Kinder Blumen streuen würden, Pfingstrosen, Löwenmäulchen und Margeriten. Rudi hatte sich am Ende mit der Frage beschäftigt gehabt, wie denn dieser Himmel wohl aussehe, von dem die Eltern behaupteten, er werde eigens für den Pfarrer und das Allerheiligste mitgetragen, vor allem, ob Wolken an ihm stünden oder eine Sonne. Davon, dass er selbst Blumen streuen dürfe wie die anderen Kinder, war er ausgegangen, ebenso davon, dass man ihm eines jener weißen Kleider anziehen werde, über die seine Mutter die ganze Zeit so begeistert gesprochen hatte. Die Mädchen, die ein paar Wochen davor die Erstkommunion empfangen hatten, würden ihre weißen Kleider und im Haar Margeritenkränze tragen, hatte sie gesagt.

Am Fronleichnamsmorgen war Rudi in dem weißen Kleid, das ihm Agnes aus ein paar Metern Baumwollbatist und Tüll geschneidert hatte, in der Stube gestanden, ein mit dunkelroten Pfingstrosenblüten gefülltes Henkelkörbchen aus Peddigrohr in der Hand, und hatte gebrüllt, er wolle keinen Regen, sondern Blumen streuen und sehen, wie der Himmel durch die Stadt getragen werde. Der Vater hatte begütigend auf ihn eingeredet: dass es so schütte, habe sich niemand ausgesucht, er könne ja hier in der Stube Blumen streuen, und im nächsten Jahr werde das Wetter ganz bestimmt schön sein. Das alles hatte das Toben des Kindes nicht gemindert, ganz im Gegenteil, und in seiner Verzweiflung hatte Stefan Hürner schließlich etwas gesagt, was sich später beinahe als fatal herausstellen sollte: »Wenn es am Sonntag nicht wieder regnet, fahren wir mit dem Traktor in die Kirche.« Agnes hatte ihn voller Entsetzen angeschaut – nicht weil sie selbst zu Fuß gehen würde, sondern weil für sie der grüne Deutz, den ihr Mann vor einem halben Jahr angeschafft hatte, von Anfang an reines Teufelszeug gewesen war, laut, stinkend und gefährlich.

»Kein Regen«, sagte Rudi, als er am Sonntagmorgen aus dem Fenster blickte, und, nachdem er angesichts der Äußerung seiner Mutter, das könne man von innen nicht so genau beurteilen, die Lage durch ein paar Schritte vor die Haustür überprüft hatte, noch einmal: »Kein Regen.« »Na gut«, sagte

Stefan Hürner, der es keine Sekunde in Betracht gezogen hatte, sein Sohn könne das Versprechen vergessen haben, »zieh dich an.« »Wo ist das Kleid?«, fragte Rudi. Traktorfahren mit einem weißen Kleid komme nicht in Frage, sagte der Vater, außerdem seien weiße Kleider und Blumenkörbchen ausnahmslos nur am Fronleichnamstag erlaubt. »Und drittens würdest du in dem dünnen Zeug auf der Fahrt erfrieren«, sagte Agnes. Trotz seiner Proteste steckte sie den Buben in seine dunkelbraune Cordhose und in den Wollpullover, den sie ihm für Weihnachten gestrickt hatte.

»Fahr nicht zu schnell«, sagte sie zu ihrem Mann, als sie Rudi hochhob. Stefan lachte, nahm ihn in Empfang und setzte ihn zwischen seine Beine. Der Bub strahlte. »Ackerschlepper«, sagte er. »Genau, unser grüner Ackerschlepper«, sagte Stefan.

Sie fuhren auf der Hauptstraße in die Stadt hinein, wichen einer Ziege aus, die mitten auf der Fahrbahn stand, grüßten alle Kirchgänger, die zu Fuß unterwegs waren, und überholten mehrere Pferdewägen. Jedes Mal, wenn er in den vierten Gang hochschaltete, rief Stefan: »Höchstgeschwindigkeit!«, und Rudi lachte laut auf. Als sie an einer Haubitze vorbeikamen, von der man den Geschützaufbau abmontiert hatte, fragte Rudi erst, ob er auch einmal eine Kanone haben dürfe, und dann, wer denn den Krieg gewinnen werde. »Wir natürlich«, sagte Stefan.

Er stellte den Deutz an der Friedhofsmauer ab. Zwei Frauen, die vorbeikamen, tuschelten, dann fragte eine von ihnen den Buben, ob er vielleicht schon selbst Traktor fahren könne. Rudi griff nach der Hand des Vaters und wandte sich wortlos ab.

Unter den Kastanienbäumen, die in einer kurzen Allee auf die Kirche zuführten, erklärte ihm der Vater, dies sei zu Fronleichnam das letzte Stück der Umzugsroute. »Darf bei der Fronleichnamsprozession ein Traktor mitfahren?«, fragte Rudi. »Traktoren sind dafür zu laut«, antwortete Stefan.

Was Stefan Hürner veranlasste, nach der Sonntagsmesse noch in die Au zu fahren, ist schwer zu sagen. Vielleicht war es der Anblick seiner Frau, die in letzter Sekunde in der Kirche erschienen war und sich schräg gegenüber in die zweite Reihe der Frauenseite gequetscht hatte, sichtlich erhitzt und gerade so aufgelöst, wie er es bei jungen Frauen manchmal gern hatte. Vielleicht war es die Begeisterung des Sohnes, seine Art, Fragen zu stellen, den Kopf in den Wind zu halten oder während der Messe die Gesten des Pfarrers nachzuahmen. Vielleicht hatte es einfach auch mit dem Wetter zu tun und mit der Freude über das ungestüme Lärmen des neuen Traktors. Als sie nach dem Segen gemeinsam mit anderen jüngeren Leuten auf den Kirchenvorplatz traten, kündigte er jedenfalls an, noch einen Sprung in die Au machen zu wollen, um die zwei Wiesen, die er dort besaß, in Augenschein zu nehmen. Agnes schaute erstaunt. »Sie werden in einer Woche zu mähen sein, und das Futter dort ist heuer genauso wenig wert wie jedes Jahr«, sagte sie. Egal, er wolle trotzdem fahren, sagte Stefan. Er komme mit, sagte Rudi.

Agnes verdrehte die Augen, murmelte irgendwas von Männern und Maschinen und kapitulierte.

Die beiden umfuhren in weitem Bogen das Allersdorfer Lager und drangen auf Feldwegen in die Ybbs-Auen vor. Sie begegneten einem Bussard auf einem Pfahl, einem Storchenpaar und einer Gruppe aus sieben, acht Rehen. Der Bub hatte kein rechtes Auge für all das, obwohl ihn der Vater darauf aufmerksam machte, sondern war vor allem mit dem Halten des Lenkrads beschäftigt. In regelmäßigen Abständen sagte er in zufriedenem Ton: »Ackerschlepper.«

Hinter einem Wäldchen aus Eschen und Hainbuchen stießen sie an die Wiesen, die Anlass ihres Ausflugs waren. Die beiden Flächen wurden auf einer Länge von vielleicht hundertfünfzig Metern in schnurgerader Linie durch einen dunklen, rasch fließenden Bach voneinander getrennt. »Der Mühlbach«, sagte Stefan, als sie ihn auf einer Bohlenbrücke übersetzten. »Geht der Ackerschlepper unter, wenn er in den Mühlbach fällt?«, fragte Rudi. »Der Ackerschlepper fällt nicht in den Mühlbach«, gab Stefan zur Antwort.

Sie fuhren die Schmalseite der größeren Wiese entlang bis zu einer Gruppe von Feldahornbäumen. An einen der Stämme war ein Hochsitz aus Fichtenrohlingen gezimmert. Stefan setzte den Traktor rechts auf die Wiese und stellte den Motor ab. »Ich muss die Leiter überprüfen«, sagte er, »kommst du mit?« Rudi hatte die Hände immer noch am Lenkrad. »Ich bleibe da«, sagte er. »Du darfst aber nicht wegfahren!«, sagte Stefan, hob den Zeigefinger und lachte.

Ab dann gab es in Wahrheit nur noch die Spur, die durchs hohe Gras verlief wie ein schmaler Graben, die geknickten Glockenblumen, die leichte Linkskurve gleich zu Beginn, schließlich, nach etwa zwei Dritteln der Strecke, einen flachen Maulwurfshügel und mittendrin diesen kleinen Fußabdruck. Am Ende der Spur stand, als wäre sie von Anfang an der Zielpunkt gewesen, eine Kopfweide. Ihr knapp mannshoher Stamm neigte sich ausgesprochen schräg von der Uferböschung weg und reichte bis über die Mitte des Baches hinaus.

Stefan Hürner erinnerte sich im Nachhinein weder daran, ob am Hochsitz irgendetwas schadhaft gewesen war, die Leiter oder die Beplankung, noch an die Sicht von oben, zum Beispiel, ob er in Richtung Traktor geblickt hatte oder nicht. Schon gar nicht konnte er Auskunft darüber geben, wie lange er dort verbracht hatte, eine Minute oder vielleicht eine Stunde, weil ihn der Schlaf übermannt hatte.

Es gab also nur die Spur, und natürlich hätte es sich am ehesten so zugetragen, dass der Bub erst zielstrebig durch die Wiese gegangen wäre, sich dann neben die Weide hingekniet und den linken Arm um den Stamm gelegt hätte, um mit der rechten Hand auf der Suche nach dem Grund in den Bach zu greifen. Auf diese Weise hätte er, nicht wissend, dass der Mühlbach durchwegs gut eineinhalb Meter tief war, das Gleichgewicht verloren und wäre vornüber ins Wasser gekippt. Da er nicht das geringste Unheil vorausgeahnt habe, hätte er nicht einmal geschrien. Die Überraschung und die Kälte des Wassers hätten ihm augenblicklich den Atem genommen, er hätte ein paarmal um sich geschlagen und wäre rasch vollends mit dem Kopf unter Wasser geraten. Die Strömung hätte ihn sofort mit sich genommen.

In gleichmäßigem Wechsel wäre der Körper des Buben über den Boden des Bachbettes gewälzt und wieder an die Oberfläche gespült worden, angesichts fehlender Schlingen oder Buchten ohne eine Möglichkeit, anzulanden. Nach einer Strecke von etwa eineinhalb Kilometern hätte ihn der Rechen an der Abzweigung des Werkskanals zur Krappmühle aufgehalten. Er wäre nach oben gedrückt worden, der Wollpullover hätte dunkelrot geleuchtet, und die beiden Frauen, die auf ihren Fahrrädern unterwegs zur Mühle gewesen wären, um Grieß zu kaufen, hätten gesagt, der Bub habe, das Gesicht zum Himmel gewandt, die Augen geschlossen, schon im Wasser ausgesehen, als liege er auf einer Bahre.

Die Gendarmen wären knapp nach Stefan Hürner erschienen. Sie hätten den Gemeindearzt mitgehabt. Sie alle wären gegenüber der Verzweiflung des Mannes völlig hilflos gewesen.

So hätte es sich am ehesten abgespielt.

Stefan Hürner erzählte später immer wieder, wie er zum Traktor zurückgekommen sei, wie er nach Rudi gerufen habe, und wie schon in dem Moment, in dem er begonnen habe, die Spur in der Wiese entlangzulaufen, vor seinem inneren Auge das Bild des ertrunkenen Kindes auf seinen Armen erschienen sei. Er habe gebrüllt, vor Angst und vor

Schmerz, und sei in Richtung der Kopfweide gestürmt. Er sei auf die Knie gegangen, habe blödsinnig vor sich ins Wasser gestarrt und auf diese Weise den triefend nass am anderen Ufer sitzenden Buben eine Weile völlig übersehen. »Ich bin nass«, habe Rudi schließlich gerufen. Er, Stefan, sei geradewegs hinein in den Bach, und dass ihm das Wasser bis zur Brust gereicht habe, sei ihm vollkommen egal gewesen. »Ich bin nass«, habe Rudi noch einmal gesagt. Dann habe er erzählt, wie er das Gleichgewicht verloren habe und über die Böschung in den Bach gerutscht sei, und wie plötzlich eine junge Frau mit dunklen Haaren und einer blauen Jacke da gewesen sei und ihn rausgezogen habe. »Und jetzt bin ich nicht ertrunken«, habe der Bub am Ende gesagt. Er habe geantwortet: »Da wird sich die Mama aber freuen.« Etwas Besseres sei ihm nicht eingefallen.

20. März 1945

Sie fliegen seit dem frühen Morgen. Das Wetter ist gut, was bedeutet, dass man sie auch sehen kann, winzige, zwischen den Wolken silbern aufblitzende Kreuze. Die Staffeln sind unterschiedlich groß, die ersten beiden waren kleiner, die jetzige ist riesig.

Ich lehne eine Armlänge neben dem Bauern an der Hauswand. Er schaut durch den Feldstecher in den Himmel und zählt halblaut vor sich hin. Bei vierzig hört er auf. »Amerikaner«, sagt er, »ich glaube, es sind Amerikaner.« Wäre Laurenz da, würde er sagen: »Achtzehn fliegende Festungen, zwölf Lancaster, zehn Mosquitos, ein paar Lightnings.« Ich würde darauf sagen: »Vier Manchester sind auch dabei und zumindest zwei Heinkel«, er würde sagen: »Da tut eine so, als würde sie sich auskennen – Heinkel, zu wem gehören die?«, und ich würde sagen: »Zu uns, war ja nur ein Test.«

»Amerikaner, ist das gut, oder ist das nicht gut?«, fragt Katharina. Sie läuft wie aufgescheucht herum und räumt Sachen von dort nach da, einen Holzrechen, einen Melkeimer, ein weißes Tischtuch, das sie während des Gehens zusammenfaltet. »Kommt drauf an«, antwortet der Bauer. Dann sagt er, er meine, es sei wohl Linz dran, am ehesten die Stahlwerke und die Donaubrücke. »Die sind auch nicht blöd«, sagt er, »die wissen, wo sie abladen.«

Linz ist ein seltsamer Name für eine Stadt, genauso wie Oslo oder Brüssel oder Wladiwostok. Ich stelle mir vor, dass in Linz lauter sehr entschlossene Menschen leben, die in Anzügen oder Kleidern aus gutem Stoff durch die Straßen schreiten und wissen, was zu geschehen hat. Zu Wladiwostok stelle ich mir einen weiten Hafen vor, in dem Tausende von Seehunden herumschwimmen. Ich habe keine Ahnung, warum das so ist. Ich war weder in Linz noch in Wladiwostok.

Ich komme nicht mehr dazu, mich zu fragen, was ich mir zu Brüssel und Oslo vorstelle, denn der Bauer stößt plötzlich einen ächzenden Laut aus, drückt sich mit dem Rücken von der Hauswand ab und macht einige Schritte vorwärts, das Fernglas immer noch an den Augen, so als wolle er dem, was er da sieht, entgegengehen. »Was ist?«, frage ich. Gleichzeitig höre ich es, sowohl das Brummen als auch die Sirenen. Der Bauer deutet wortlos zum Himmel. In rechtem Winkel zu den Verbänden hoch oben kommt von Norden eine Staffel dunkler viermotoriger Flugzeuge heran. Sie fliegen viel tiefer, deutlich unterhalb der Wolken. »Was machen die?«, frage ich. »Rein mit euch!«, sagt der Bauer. Ich schüttle den Kopf. »Ich will schauen«, widerspreche ich.

»Alle müssen rein.«

»Ich will aber schauen.«

Plötzlich steht Katharina vor mir, packt mich am rechten Handgelenk, verpasst mir eine Ohrfeige und zerrt mich ins

Haus. Katharina hat mich noch nie geschlagen, auch nicht im Scherz. Ich glaube, sie mag mich. Sie ist die Zweitälteste und beinahe so groß wie ihr Vater. In der Ferne setzt Geschützfeuer ein. Wenig später folgen die ersten dumpfen Detonationen. »Sie fliegen die Stadt an«, sagt der Bauer, »vielleicht das Lager, vielleicht den Bahnhof.« Dann erzählt er von den Jagdflugzeugen, die die Bomberverbände begleiten, und davon, dass sich manche der Piloten ein Vergnügen daraus machen, auf Menschen zu schießen, die sich unten am Boden im Freien befinden. Einen Spenglergehilfen aus Wallsee habe es auf diese Weise erwischt. Er habe während des Fliegeralarms ein Stück verzinkte Dachrinne über den Hof getragen, plötzlich sei direkt über ihm eine englische Spitfire aufgetaucht, der Pilot habe einmal kurz auf den Auslöser des Bord-MGs gedrückt, und mehr habe es nicht gebraucht. Einmal durch den Schenkel, einmal durch den Bauch, einmal mitten durch den Hals, habe der Spenglermeister erzählt. Er habe das Ganze von der Werkstätte aus mit ansehen müssen. Das Flugzeug sei senkrecht vom Himmel gestürzt wie ein Falke, lautlos und zielsicher. Nach der Salve auf den Gehilfen sei es in einem eleganten Bogen über die Donau hinweg nach Norden verschwunden. Der Spenglergehilfe sei glücklicherweise schon zweiundsechzig Jahre alt gewesen, sagt der Bauer. Er habe sein Leben gelebt gehabt, aber es hätte auch einen ganz Jungen erwischen können.

Annemarie sitzt in der Stube am Tisch, die Augen geschlossen, die Hände über den Ohren. »Es wird nicht ewig dauern«, sagt Katharina. Annemarie presst ihre Lider noch fester aufeinander. Ich setze mich neben sie. »Die Hürner Agnes wird dich nicht adoptieren«, sage ich nach einer Weile. Katharina schaut mich scharf an. »Was redest du da?!«, fragt sie. Annemarie öffnet die Augen. »Woher willst du das wissen?«, fragt sie. »Ich weiß es einfach«, sage ich.

»Woher?«

»Einfach so.«

»Du lügst!«

»Ich habe es aufgeschrieben«, sage ich, »ich zeig's dir.« Als ich aufstehe, um mein Heft zu holen, nimmt Annemarie die Hände vom Kopf. Ihre Ohren stehen ab wie kleine Flügel. Es ist blöd, aber ich muss ständig dasselbe denken, wenn ich ihre Ohren sehe.

Oben auf dem Treppenabsatz steht Laurenz. Er trägt sein flanellenes Nachtgewand und hält sich am Handlauf fest. »Sie bombardieren die Stadt«, sage ich, weil mir nichts anderes einfällt. »Ich höre es«, sagt er. »Ich brauche mein Heft«, sage ich. »Das hat Zeit«, sagt er und winkt mich in seine Kammer, »ich brauche dich.« Hier ist alles sehr ordentlich. Ich habe die Dinge schon einmal gesehen, den Kleiderschrank, den Sekretär mit dem Porzellanpferd obenauf, den schmalen Glasschrank mit den Büchern, die beiden gerahmten Fotografien an der Wand, die eine das Hochzeitsbild seiner Eltern, die andere eine Wüstenlandschaft mit einer Gruppe von Menschen und zwei Dromedaren.

»Ich war nie ein Bauer«, hat Laurenz gesagt, als er mich vor ein paar Monaten das erste Mal in diesen Raum geführt hat und ich ein wenig überrascht geschaut habe, »ich war zwar der Ältere, aber ich war nie ein Bauer. Mich haben schon immer Spinnereien mehr interessiert als der Boden oder das Wetter. Allerdings war ich für einen Pfarrer zu gottlos und für einen Lehrer zu ungeduldig. Also ist aus mir ein spinnerter Bauernknecht geworden, der Bücher liest. Auch eine Möglichkeit.« Dabei hat er bitter gelacht, und ich weiß noch, dass mich das damals ziemlich traurig gemacht hat. Das werde ich ihm aber nie sagen.

Laurenz zieht für sich den Stuhl heran, der vor dem Sekretär steht. Mit einer Handbewegung bedeutet er mir, mich aufs Bett zu setzen. Ich tu's, obwohl es mir unangenehm ist. Ich sitze nicht gern auf Betten. Laurenz hat blassgrüne Augen, Haare, die mehr weiß sind als grau, und an der linken Wange eine feine, lange Narbe. Die Kuppen seiner Finger sind braun. Er streckt die rechte Hand vor, so, als wolle er sie mir auf den Unterarm legen, tut es dann aber nicht. Wenn ich nicht weiß, was mich erwartet, sehe ich mir die Dinge besonders genau an.

Laurenz beginnt zu reden. Zwischendurch stützt er die Arme auf die Oberschenkel, schweigt und atmet nur.

»Du bist ein gescheites Mädchen, und ich bin ein dummer alter Mann.« Das ist der erste Satz, den er sagt. Dann sagt er: »Ich weiß, dass mich bald der Quiqui holt.« Dazu grinst er. Er spricht von der Schlechtigkeit, die ihn von innen auffrisst, und davon, dass der Doktor nach dem Durchleuchten mit den Bildern seines Brustkorbs vor dem Schirm gestanden ist, mit einem Bambusstab auf verschiedene weiße

Flecken gezeigt und nur gesagt hat: »Da, da, da, da und da.« Er spricht davon, dass er nicht weiß, ob sich der Wert eines Lebens daran bemisst, wie viele Menschen man sterben gesehen oder wie viele man glücklich gemacht hat, und er spricht davon, dass Schmerz immer eine Angelegenheit des Vergleichs ist. An weißen Flecken sterbe es sich komfortabler als auf dem glühenden Rost, darauf verwette er viel, sagt er, und ich als Märtyrerexpertin müsse das eigentlich wissen. Ich bin keine Märtyrerexpertin, möchte ich sagen, doch ich muss an das Wort »Quiqui« denken, das er vorhin gesagt hat, und es schnürt mir die Kehle zu.

Aus der Laurentius-Geschichte der Bäuerin ist mir im Moment lediglich in Erinnerung, dass es ursprünglich um die Verteilung von Geld gegangen ist, um arme und reiche Menschen, um Gerechtigkeit und um Gier.

Laurenz hustet ein paarmal heftig, wird grau im Gesicht und keucht. »Du gehörst nicht zur Familie«, sagt er, nachdem er sich ein wenig erholt hat, »das ist schade, aber manche Dinge macht es leichter.« Da er nicht wisse, wie lange es mit ihm noch gehe, und da er annehme, dass ich, egal, wer ich wirklich sei, im Haus bleiben werde, habe er beschlossen, mir ein paar Dinge anzuvertrauen. »Ich bin feig, und du bist hart genug«, sagt er, und ich bin mir nicht sicher, ob ich verstehe, was er damit meint.

Eins müsse er einmal aussprechen, einfach so. Er fühle sich nicht besonders gut dabei, weil es ausschließlich seiner persönlichen Erleichterung diene, aber er könne nicht anders. Es gehe um den Bauern, seinen Bruder. Jakob sei einer, der zu Dreikönig sagen könne, wie viele Frosttage die Wintergerste noch brauche, oder nach einem Blick auf die Wampe einer trächtigen Kuh, wie das Kalb liege, mit anderen Worten, jemand mit einer natürlichen Begabung für die Landwirtschaft. Abgesehen davon – und es tue ihm leid, dass er das so sagen müsse – sei er allerdings von einer geistigen Unbeweglichkeit, die größer nicht sein könnte. Zusätzlich leide er unter anfallsartigen, hochkomplizierten Ängsten, und in Wahrheit sei es allein seiner Frau zu verdanken, dass der Hof nicht von einer wirtschaftlichen Katastrophe in die nächste rutsche. Überhaupt sei Barbara Jakobs großes Glück. »Ohne sie säße er längst im Narrenhaus«, sagt Laurenz, »oder er hätte sich aufgehängt.« »Wo?«, frage ich. »In Mauer-Öhling, in der Anstalt«, sagt er, und ich sage nicht, dass meine Frage ganz anders gemeint war.

»Sie ist sein Glück, und die Mädchen sind es auch«, sagt Laurenz. Er werde mir jetzt drei Dinge zeigen, die ihm wichtig seien. Ich müsse ihm versprechen, den anderen erst dann davon zu erzählen, wenn er nicht mehr am Leben sei. Er greift an die mittlere Schublade des Sekretärs und schaut mich an. Ich stelle mir vor, wie der Bauer mit einem Strick in der Hand durch den Wagenschuppen und die Scheune geht, dann in den Presskeller steigt und am Ende rauf auf den Schüttboden, und nicke. »Versprochen?«, fragt Laurenz. Ich nicke noch einmal. »Versprochen«, sage ich.

Er zieht zwei Briefumschläge aus der Lade, einen weißen und einen hellbraunen. Ich beuge mich vor. Der braune Umschlag trägt einen Wehrmachtsstempel mit Adler und

Hakenkreuz und ist an den Bauern adressiert, der weiße ist unbeschrieben bis auf ein in die rechte obere Ecke gesetztes großes T. »T wie Testament«, sagt Laurenz und legt seine linke Hand auf den Umschlag, »ich hätte auch *Laurenz Josef Leithner, letzter Wille* draufschreiben können, aber das hätte ich übertrieben gefunden.« Ich schaue auf seine Hand. Seine Finger sind grob und haben knotige Gelenke. Am Ringfinger fehlt das Endglied. Ein Wagenrad, das drübergegangen ist, vor vielen Jahren – ich kenne die Geschichte. Ich muss an den Quiqui denken, an den Bauern auf dem Schüttboden, an Annemarie, an die Flugzeuge am Himmel und an Katharina, wie sie mir eine Ohrfeige gibt. Ich habe plötzlich das Gefühl, mir kommen die Dinge durcheinander. »Darf ich raten?«, frage ich. Laurenz sieht mich erstaunt an. »Was?«, fragt er. »Nichts«, sage ich. Ich weiß ja nicht einmal, was es zu vererben gibt. »Die Klügste kriegt alles«, fährt er fort. Als er merkt, dass ich beginne nachzugrübeln, grinst er. »*Alles* kann Verschiedenes heißen«, sagt er, »und so viel habe ich nicht.« Ich schaue ihm prüfend in die Augen. Wer ist die Klügste? Antonia? Oder Grete? Grete ist so still, dass vermutlich nur ganz wenige Leute wissen, ob sie klug ist oder nicht. Katharina? Niemals. »Wichtig ist, dass du weißt, wo der Schrieb ist«, sagt er und legt den Umschlag in die Lade zurück. Er hustet und blickt zum Fenster hinaus. Dann weist er auf das andere Kuvert. »Das ist schwieriger«, sagt er. Als ich nach dem Umschlag greife, legt er die Hand drauf. »Das ist viel schwieriger«, sagt er noch einmal.

Die Nachricht sei wenige Tage vor Weihnachten gekommen, erzählt er. Er sei gerade dabei gewesen, mit der Schubkarre Holzscheiter ins Haus zu bringen, und sei bei der Gelegenheit auf der Hofzufahrt dem Briefträger begegnet. Der Briefträger habe ihm wortlos den Umschlag ausgehändigt, und ihre Augen hätten sich sozusagen auf dem Wehrmachtsstempel getroffen. Er habe ebenso wortlos den Brief in seiner Schurztasche verschwinden lassen. Der Briefträger habe offensichtlich verstanden, frohe Weihnachten gewünscht und sei wieder auf sein Fahrrad gestiegen. Neben dem Brief seien an diesem Tag noch zwei Weihnachtskarten und ein Paket von Annemaries Taufpatin in der Post gewesen, daran könne er sich erinnern.

Er habe das Holz eingeschlichtet und im Küchenherd nachgefeuert, genauso wie immer, erzählt Laurenz. Danach sei er in seinem Zimmer vor dem Fenster gestanden, wie lange, wisse er nicht. Irgendwann habe er den Brief schließlich öffnen können. Laurenz fährt mit dem Zeigefinger die Empfängeradresse entlang, Zeile für Zeile, dann um die beiden Hitler-Marken herum. Sein linkes Augenlid zuckt.

»Am 2. November 1944, dem Allerseelentage, im Hürtgenwald in heldenhaftem Kampfe«, sagt er, das habe er sich gemerkt. Unten auf dem Blatt sei neben dem Wehrmachtsstempel der Stempel der 116. Panzerdivision zu sehen. »Ein Windhund«, sagt Laurenz, »ein Windhund auf einer Wiese – als ob das das Ganze besser machen würde.«

Anfangs habe er gedacht, er werde es Jakob und Barbara nach den Feiertagen erzählen. Heute wisse er, dass er sich geirrt habe. »Irgendwann kommst du drauf, dass es Dinge gibt, die kann man einfach nicht«, sagt er. Ich möchte ihn eigentlich fragen, ob er mir den Windhundstempel zeigt, traue mich aber nicht.

Wir sprechen eine Zeitlang nichts. »Wie war er?«, frage ich schließlich. »Leo?«, fragt er, »einfach und voller Angst, wie sein Vater.« Er sei gern in den Wald gegangen und habe Tiere geliebt, Pferde vor allem und die beiden Ackerochsen. »Und wer wird jetzt Bauer?«, frage ich. Laurenz sagt nichts. Nach einer Weile steht er auf und tritt an seinen Kleiderschrank. Es gebe noch etwas, das er mir zeigen müsse.

Den graugrünen Filzmantel, der am linken Ende der Kleiderstange hängt, trägt er nur, wenn es kalt ist und Schnee liegt und er auf dem Pferdeschlitten in die Stadt fährt. Ich glaube, der Mantel stammt aus dem ersten Krieg, bin mir aber nicht sicher. Er schlägt ihn auseinander. »Merk dir den Platz«, sagt er. Er zieht einen länglichen Gegenstand aus der Innentasche und legt ihn auf die Schreibplatte des Sekretärs. Ich beuge mich vor. Auf den ersten Blick sieht das Ding aus wie ein Gewehr für einen Zwerg. »Was ist das?«, frage ich. »Irgendjemand muss wissen, wo es ist«, sagt er, »merkst du dir das?« Ich nicke. »Was ist das?«, frage ich noch einmal. Er greift in die linke Außentasche des Mantels und holt eine kleine Schachtel aus hellblauem Karton hervor. »Die Patronen«, sagt er, »merkst du dir, wo sie sind?« Ich nicke noch einmal. »Das sieht aus wie ein Gewehr für einen Zwerg«, sage ich. »Wenn einer den Mädchen etwas tut, wird der spinnerte Knecht aufhören, Bücher zu lesen«, sagt Laurenz und klopft mit der Patronenschachtel gegen die Platte.

Er zeigt mir alles: wie man den Lauf der abgesägten Schrotflinte knickt; wie man die Patronen in den Lauf schiebt; wie man die Sicherung löst; wie man an etwas Belangloses denkt; wie man abdrückt. Es gibt Leute, die können einem Sachen beibringen.

21. März 1945

Am liebsten habe ich es, wenn sie die Beine ein wenig anzieht und ihr Rücken in seiner ganzen Länge an mir liegt. Sie schnarcht dann manchmal oder schmatzt ganz leise. Ich schiebe meinen linken Arm unter ihrer Achsel durch, taste mich die Rippen entlang nach oben bis zum Halsausschnitt ihres Nachthemdes und hänge mich mit den Fingerkuppen an ihr Schlüsselbein. Sie ist dünn und warm wie eine junge Katze. Manchmal stellt sie im Schlaf ihre Füße auf meine Fußrücken. Es ist dann so, als würde sie zur Gänze auf mir stehen, und ich möchte sie auf der Stelle in mich hineinverschlingen, mit Haut und Haar.

Von unten tönt Lärm herauf. Draußen ist es noch dunkel. Durchs Fenster sieht man Sterne. Ich höre die Haustür gehen, Schritte, die Stimme der Bäuerin, andere Stimmen. Ich löse mich vorsichtig von Annemarie, streife die Decke ab und steige aus dem Bett. Knapp bevor ich an der Tür bin, setzt sie sich abrupt auf. Ich bleibe stehen und drehe mich um. »Ist sie da?«, fragt sie. »Wer?«, frage ich.

»Holt sie mich ab?«

»Nein«, sage ich, »sie holt dich nicht ab. Sie braucht es nicht mehr.«

»Warum nicht?«, fragt sie, und ich sage, weil ich es weiß.

Sie sagt, ich lüge. Ich sage, nein, ich weiß es sicher, ich habe es in mein Heft geschrieben. Sie sagt noch einmal, ich lüge, und klettert aus dem Bett. Ich spüre, dass sie mich ansieht, als sie im Finstern neben mir steht. Eigentlich möchte ich sie in diesem Moment hochnehmen, aber ich weiß, dass sie mir zu schwer ist.

Wir gehen vor bis zur Treppe und lauschen. Mehrere Leute sprechen durcheinander. Ein Mann spricht sehr laut. Jemand weint. »Gehst du mit nach unten?«, frage ich. Annemarie nickt. Sie schaut mich an, dann an sich selbst runter. »Im Nachthemd bleiben oder nicht?«, fragt sie. »Nicht«, sage ich.

Von den Leuten, die um den Stubentisch sitzen, kenne ich fast alle. Das beruhigt mich. Der Reihe nach: Herr Lenzinger, der dicke Omnibuschauffeur, mit seiner Frau; Frau Maier und Frau Woitsch, die beiden Nachbarinnen aus dem Haus Ardagger Straße Nummer zehn; die Tochter von Frau Maier, die schon fertige Kindergärtnerin ist, aber noch bei ihrer Mutter wohnt; ein alter Mann, der, genauso wie Frau Maier und Frau Woitsch, alle paar Tage um die Milch kommt, von dem mir aber der Name nicht einfällt; der Tierarzt mit seiner Tochter Jutta.

Am Ende des linken Schenkels der Eckbank sitzt ein junger Mann mit langen blonden Haaren und rotblondem Stoppelbart, den ich noch nie gesehen habe. Er ist dünn wie knapp vor dem Verhungern, trägt Hose und Jacke aus verdrecktem Drillich und hat den einen Arm um etwas gelegt, das ein Rohr sein könnte oder ein Stück von einem Zaunpfahl. Das Ding reicht ihm im Sitzen bis zur Schulter und ist in grünes Wachstuch gewickelt, das von einem Trageriemen zusammengehalten wird. Er rührt sich nicht und schaut zu Boden. »Wer ist der?«, fragt mich Annemarie halblaut. »Keine Ahnung«, sage ich, »ein Ausgebombter oder ein Spion.« Warum ein Spion, will sie wissen, und ich sage, weil ich mir einen Spion so vorstelle.

Diejenige, die weint, ist Frau Woitsch, und derjenige, der am meisten redet, ist der Tierarzt. Er redet auch sonst viel, zum Beispiel wenn er den Rössern die Augen eintropft oder wenn er einer aufgegasten Kuh den Trokar in den Pansen sticht. Jetzt erzählt er davon, wie die Bomber gestern im ersten Anflug über dem Norden der Stadt abgeladen hätten, keiner wisse, warum, befänden sich in diesem Bereich doch die Hauptschule, das Gymnasium und der neue Friedhof und eindeutig keine militärischen Ziele, und wie sie eine Stunde später in einer zweiten Welle den Bahnhof und die Fabriken südlich davon bombardiert hätten. Er erzählt davon, dass man den eigentlich für Linz bestimmten Ölzug, der wegen der sich ankündigenden Bombardements angehalten worden war, zur Sicherheit aus dem Bahnhof hinaus in Richtung Osten verschoben habe, und davon, dass man nach dem zweiten Angriff schon geglaubt habe, die Rechnung sei aufgegangen. Knappe zwei Stunden später, mitten am Nachmittag, sei plötzlich eine winzige Formation alliierter Jagdflugzeuge im Tiefflug dahergekommen, aus Nordwesten direkt auf das Gelände des Vorbahnhofs zu, und habe den Ölzug in Brand geschossen, einen Waggon nach dem anderen, mehr als hundert Stück. Wie Bomben seien manche der Waggons hochgegangen, und der Schein des Feuers liege immer noch über der Stadt. Frau Woitsch weint jetzt laut. Sonst ist es für einige Augenblicke still. »Hat er Dienst gehabt?«, fragt der Tierarzt schließlich. Frau Maier blickt Frau Woitsch an, nickt und sagt, ja, im Stellwerkhäuschen am Ende des Vorbahnhofs sei sein Platz gewesen. Annemarie zupft mich. »Wer?«, fragt sie. »Was *wer*?«, frage ich zurück.

»Wer war in dem Häuschen?«

»Keine Ahnung«, sage ich.

Laurenz bringt Most und ein paar Gläser. Er trägt sein Arbeitsgewand, als wäre es mitten am Tag. Als er den Krug auf den Tisch stellt, wendet er sich dem jungen Mann zu. »Was ist das?«, fragt er und deutet auf den Gegenstand, den der Mann neben sich stehen hat. Der Mann zieht ihn zu sich heran. »Nichts«, sagt er. »Ein Gewehr?«, fragt Laurenz. Der junge Mann schüttelt den Kopf. »Eine Panzerfaust«, sagt Laurenz, »es könnte eine Panzerfaust sein.« Der Bursch habe das Ding die ganze Zeit auf der Schulter getragen, wirft der Omnibuschauffeur ein. »Panzerfäuste trägt man auf der Schulter«, sagt Laurenz.

Die Bäuerin und Grete kommen aus dem Vorhaus in die Stube und legen in einer Fensternische zwei Stapel mit Decken und Leintüchern ab. »Lasst ihn in Ruhe«, sagt die Bäuerin. Dann fragt sie den jungen Mann, wie er heißt, und er sagt, Michail. Wie noch, fragt sie, er zuckt mit den Schultern, und sie fragt noch einmal, wie noch. »Nur Michail«, sagt er. »Und woher kommst du?«, fragt sie weiter. »Aus Templin«, sagt er. »Wo ist Templin?«, fragt sie. Er zuckt erneut mit den Schultern. Sie blickt in die Runde. Keiner weiß, wo Templin liegt, nicht einmal der Tierarzt. »Bei Reschitz«, sage ich, »Templin liegt bei Reschitz, ein Stück östlich, vielleicht zwanzig Kilometer.« Der junge Mann blickt mich überrascht an, der Tierarzt auch. Ich weiß nicht, warum ich das gesagt habe.

Sie hätten sich untertags im Wäldchen neben dem Schloss Edla versteckt gehabt, erzählt die Tochter von Frau Maier, denn man habe ja nicht gewusst, ob die Flugzeuge wiederkommen würden. Man habe überlegt, wo man Unterschlupf finden könne, und man habe sich zu Gruppen zusammengetan. Die Vereinbarungen seien ohne viele Worte gelaufen. Überhaupt seien die Leute die ganze Zeit über ziemlich still gewesen, sogar die Kinder. Der junge Mann sei ihnen anfänglich gar nicht aufgefallen, plötzlich sei er bei ihnen gehockt, den Rücken an den Stamm einer Esche gelehnt, sein seltsames Panzerfaust-Paket quer über die Schenkel gelegt. Dass er sehr mager sei, so, als habe er schon lange nichts Ordentliches gegessen, sei ihnen sofort aufgefallen, und überhaupt sei er ihnen harmlos vorgekommen. Daher habe auch keiner etwas dagegen gehabt, als er sich ihnen angeschlossen habe.

»Hast du Hunger?«, fragt die Bäuerin. Michail reagiert eine Weile nicht, dann nickt er. Sie schickt Grete um Brot und Schmalz. »Das ist eine gute Idee«, sagt Herr Lenzinger.

Seine Frau rammt ihm den Ellbogen in die Seite. Im Übrigen würde sie sehr darum bitten, mit dem blödsinnigen Gewehr- und Panzerfaust-Gerede aufzuhören, sagt die Bäuerin, jemand mit einer Panzerfaust schaue anders aus. Wenn Michail nichts dagegen habe, könne eins der Kinder, Annemarie oder Jutta zum Beispiel, das Ding ja hochheben. Michail blickt erschrocken auf. »Nur hochheben«, sagt die Bäuerin.

»Ich tu's nicht«, sagt Annemarie. »Warum nicht?«, frage ich. »Weil er ein Spion ist«, sagt sie. »Er ist kein Spion«, sage ich. »Doch«, sagt sie, »du hast es selbst gesagt.« Wie sie denn auf so etwas komme, fragt die Bäuerin, und Annemarie sagt, weil ein Spion aus Reschitz genau so aussehe, so verdreckt und mit so einem Bart. »Aus Templin«, sage ich. »Ist doch egal«, sagt sie.

»Dann mach du's«, sagt der Tierarzt zu seiner Tochter. Jutta zieht die Stirne kraus und schaut den Vater fragend an. »Er ist kein Spion«, sagt er und schiebt sie von der Bank. Sie ist einen halben Kopf kleiner als Annemarie und trägt einen dunkelblauen Staubmantel. Zögerlich geht sie um den Tisch herum. Am Ende steht sie da, die Augen zu Boden gerichtet. »Na los«, sagt der Tierarzt. Sie rührt sich nicht.

Plötzlich beugt sich Michail schräg nach vorn, ergreift Juttas Unterarme und führt ihre Hände links und rechts an das Wachstuch. »Heben«, sagt er, »los!« Als sie sich offenbar nicht traut, legt er seine Hände über ihre, schaut ihr in die Augen und sagt: »Heben. Eins, zwei, drei, los.« Sie heben das Ding hoch, und als es sich zirka einen halben Meter über dem Boden befindet, sagt er zu ihr: »Achtung, jetzt du allein.« Er entfernt seine Hände ganz langsam von den ihren, und sie steht da und hält den schlanken grünen Zylinder vor sich in der Luft. Michail ist der Erste, der lacht. Dann lachen auch die meisten anderen. »Eine Panzerfaust!«, sagt Herr Lenzinger und schlägt mit der flachen Hand auf den Tisch. »Hätte ja sein können«, sagt Laurenz. Er wirkt jetzt beinahe so, als würde er auch lachen.

Jutta stellt das Ding wieder ab, dreht sich um und läuft zu ihrem Vater zurück. »War es schwer?«, fragt er. »Nur ein bisschen«, sagt sie. Er fragt, ob sie es noch lang hätte halten können, und sie sagt, ja, noch sehr lang, so lang, wie die Leute den aufgehängten Amerikaner hätten halten müssen, damit er nicht gestorben wäre. »Wen hätten die Leute halten müssen?«, fragt Grete. »Den aufgehängten Amerikaner«, sagt Jutta. »Was erzählt das Kind da?«, fragt Laurenz. Der Tierarzt macht eine heftig abwehrende Handbewegung. Das sei eine eigene Geschichte, sagt er, das müsse jetzt nicht sein. »Doch!«, sagt Jutta. Nein, sagt ihr Vater, vielleicht morgen.

»Und was ist wirklich da drin?« Es ist Antonia, die fragt – so scharf, wie nur sie das kann. Michail blickt vorsichtig in die Runde. »Ein Bild«, sagt er. Antonia sagt, das sei ein Blödsinn, Bilder seien flach, und Michail sagt, ja, an der Wand seien Bilder flach, aber wenn sie auf Papier oder auf Leinwand gemalt seien, könne man sie aus dem Rahmen nehmen und einrollen. »Und was für ein Bild soll das sein?«, fragt Antonia. »Eins von mir«, sagt Michail. »Bist du ein Maler?«, fragt die Bäuerin. »Ich weiß nicht«, antwortet Michail. Zwei heimatlose Donauschwaben, davon die eine mit einem Bombenschaden und der andere jemand, der Bilder male, aber nicht wisse, ob er ein Maler sei, das sei bemerkenswert, sagt Laurenz. »Vielleicht hat er auch einen Bombenschaden«, sagt Antonia – was er denn für Bilder male. »Sicher entartete«, sagt Laurenz, lacht laut auf und bekommt prompt einen Hustenanfall. »Das ist die Strafe«, sagt die Bäuerin. Vielleicht sei es möglich, das Bild zu sehen, sagt der Tierarzt, er interessiere sich sehr für Bilder. Michail sagt nein und als der Tierarzt fragt, warum nicht, sagt er, das Bild gehe möglicherweise kaputt, wenn man es einfach so ausrolle.

Als Katharina und der Bauer kommen, um zu sagen, dass sie den einen Raum des Körnerbodens freigeschaufelt und Strohsäcke hineingelegt hätten, dass man sich also schlafen legen könne, wenn man wolle, hat Michail soeben sein drittes Schmalzbrot verdrückt. »Dir wird schlecht werden«, sagt der Tierarzt.

»Er wird uns arm fressen«, sagt Antonia, »er und Nelli.«

Der alte Mann, dessen Namen ich immer noch nicht weiß, hebt den Kopf. Er hat ein Brot gegessen und sein Glas in kleinen Schlucken leergetrunken. Er zittert an beiden Händen. Wenn es gestattet sei, sich hinzulegen, sei er sehr dankbar, sagt er. Sonst hat er bisher nichts gesprochen.

Michail wischt mit der Handkante die Brotkrumen zu einem Häufchen zusammen und tupft sie mit der angefeuchteten Fingerkuppe auf. »Genug«, sagt er. Frau Woitsch fährt sich mit den Fingern durch ihr dünnes, weißgelbes Haar. Sie weint jetzt nicht mehr.

Alle stehen auf. Der Tierarzt nimmt seine Tochter an der Hand. »Es ist ja nur eine Nacht«, sagt er zu ihr. Zum Bauern sagt er: »Ich werde das auch zahlen.« Der macht eine wegwerfende Handbewegung. Ich weiß nicht, warum, aber ich muss in diesem Augenblick an den heiligen Laurentius auf dem glühenden Rost denken und zugleich an das Gefühl, wenn sich Annemarie an meinen Bauch schmiegt. Ich muss an den Stempel mit dem Windhund auf der Wiese denken und daran, dass diese Leute Schmalzbrote gegessen haben und sich hinlegen werden und keiner von ihnen eine Ahnung hat, wie es weitergeht, und ich weiß plötzlich genau, was ich jetzt sehen möchte.

Als ich die Stube verlasse, nehme ich aus dem Augenwinkel wahr, dass es halb drei ist. Ich habe bisher nicht auf die Uhr geschaut. Annemarie schaut mich fragend an. »Geh schon rauf«, sage ich, »ich komme gleich.«

Michail tritt als Letzter ins Vorhaus. Seine Bildrolle hängt ihm am Trageriemen über der Schulter. Er trägt schwarze Militärstiefel, die nicht zu seinem verdreckten Drillichzeug passen. Er merkt, dass ich sie anstarre, und sagt: »Zu groß.« »Wo liegt Templin wirklich?«, frage ich, und er sagt, im Landkreis Uckermark, nordöstlich von Berlin. Er fragt mich, warum ich das mit Reschitz gesagt habe, und ich sage, manchmal muss man so tun, als habe man die Dinge im Griff. »Und wie heißt du wirklich?«, frage ich weiter. »Michail«, sagt er, das sei sein echter Name, Michail mit zweimal i – im Deutschen werde das nämlich oft überhört.

»Und sonst?«

»Levjochin«, sagt er, »Michail Levjochin aus Udranka.«

Udranka sei ein Dorf in der Nähe von Minsk, und Deutsch, falls mich das interessiere, habe er von seiner mütterlichen Großmutter gelernt, die in Königsberg gelebt habe, vor allem aber in Templin, wo er seit dem August 1941 als kriegsgefangener Ostarbeiter in einer Furnierfabrik gearbeitet habe.

Ich stehe da. Vermutlich schaue ich ziemlich blöd, denn er fragt, was los ist. Ich sage: »Nichts.« Dass ich in meinem Leben noch nie einen Russen gesehen habe, sage ich nicht.

Er streckt den Arm aus und tupft mir mit dem Zeigefinger auf die Nase. Normalerweise mag ich so etwas nicht. Er lächelt. »Hier bin ich der Donauschwabe«, sagt er, »und Templin liegt bei Reschitz. Abgemacht?«

»Abgemacht«, sage ich, »Maler hast du vergessen.« »Genau«, sagt er, »Suprematist.«

Wir treten beide vors Haus. Er wendet sich nach links. Ich frage ihn, wohin er geht, und er sagt, ins Heu. Ich frage, warum und woher er außerdem wisse, wo das Heu sei, und er sagt, er habe lange genug in einem Raum mit anderen geschlafen, das brauche er nicht mehr. Wo das Heu sei, wisse er immer.

Ich hocke neben dem verkrüppelten Schlehdornbusch im Gras und schaue hinunter auf die Stadt. Die Kirchtürme, das Rathaus, dahinter über den halben Horizont hin das Feuer. Rot, gelb, schwarz, erst dann der Nachthimmel. Ich warte eine Weile, aber es explodiert kein Waggon. Überhaupt ist es völlig still, kein Motor, keine Sirene, auch noch kein Vogel. Ich denke an das weißgelbe Haar von Frau Woitsch, an das Stellwerkhäuschen auf dem Vorbahnhof und an das Zittern der Hände des alten Mannes. Plötzlich wünsche ich mir, dass der Russe kommt und mir noch einmal mit dem Finger auf die Nase tupft. Dann denke ich, dass ich keine Ahnung habe, was ein Suprematist ist, vielleicht doch so etwas wie ein Spion.

Die Geschichte vom nicht erhängten Soldaten

Drei Tage lang hatte es geschüttet wie aus Kübeln. Das hatte die Äcker ringsum unter Wasser gesetzt und die Tomatensetzlinge aus den Gärten geschwemmt. Für das Flugfeld von Madna stellte es trotzdem kein echtes Problem dar, denn im Gegensatz zu den anderen Flugfeldern rings um Foggia lag es überflutungssicher. An diesem Morgen standen am Ende der Startbahn noch einige größere Lacken. In ihnen spiegelte sich der rosafarbene Himmel. Sonst war das Wasser verschwunden.

Auch die Pisten von Lucera und Ramitelli hatten sich als grundsätzlich bereit gemeldet. Aus Lucera war zwar berichtet worden, ein Tanklaster sei auf der Zufahrt hängengeblieben, daher werde es eine Verspätung von etwa fünfundvierzig Minuten geben, doch abgesehen davon, so hieß es, seien sämtliche B-17 startklar.

Benjamin Shaffer, 2nd Lieutenant der 52. Kampfgruppe des 5. Geschwaders der amerikanischen Luftwaffe, verließ kurz nach sechs mit elf Kollegen die Quartierbaracke, um sich zu seiner Mustang zu begeben. Unmittelbar bei ihm befanden sich Simon McElroy, Matt Finley und Randy Shoemaker, seine drei besten Freunde unter den Piloten der

Yellow-Tails. Aus Ramitelli würde eine Staffel der Tuskegees kommen, so war es vereinbart. Zwölf Red-Tail-Tuskegee-Mustangs auf der einen, zwölf Yellows auf der anderen Seite, dazwischen zwanzig fliegende Festungen und acht Liberatoren – in dieser Zusammensetzung würden sie ihre Arbeit tun. Zwei Bahnknotenpunkte und das Stahlwerk, das den Namen des Reichsfeldmarschalls trug, waren ihre Ziele. Linz. Angeblich handelte es sich um Hitlers Lieblingsstadt, aber es wurden so viele Dinge erzählt, die in Wahrheit keiner überprüfen konnte.

Matt Finley schlug über allen ein Kreuzzeichen, und Randy Shoemaker sagte dreimal hintereinander, man solle bitte darauf achten, nicht mit einem Engel zu kollidieren. Diese Kombination war inzwischen zum fixen Ritual geworden, bevor sie in ihre Maschinen stiegen. McElroy brummte noch irgendetwas davon, dass ihm das Pissbecken Adria schon ziemlich auf die Nerven gehe. Er stammte aus San Luis Obispo in Kalifornien, und wenn er sich auf die Zehen stellte, konnte er vom Balkon seines Schlafzimmers die Brandungswellen des Pazifik sehen, daher war das gut zu verstehen. Benjamin Shaffer fragte sich kurz, ob ihm selbst Akron, Ohio, die Stadt, aus der er stammte, in irgendeiner Form abging. Es fiel ihm nichts ein.

»Wenn ihr startet, sieht es aus, als ziehe man eine Perlenschnur in den Himmel«, pflegte Willie O'Shea, der Platzwart, zu sagen, »wenn ihr zurückkommt, seht ihr aus wie eine Handvoll Hummeln, die ein Tornado ausgespuckt hat.« Während des Aufstiegs vermeinte Shaffer die Perlenschnur tatsächlich zu spüren. Er sah Albert Ostrowski, den mürrischen Farmerssohn aus Bakersfield, vor sich, wusste, dass Randy hinter ihm war, und noch eins dahinter Simon, und es war gut, dass diese Reihenfolge immer gleich blieb.

Sie stiegen rasch auf achtzehntausend Fuß, gingen fünfhundert Fuß oberhalb der Bomber in die endgültige Formation und flogen über die Adria nach Norden. Über dem Veneto lag mittelhohe Schichtbewölkung, die sich zu den friulanischen und julischen Bergen hin verdichtete, dann aber relativ abrupt wieder verschwand. Der Streifen zwischen den Kärntner Seen und dem Alpenhauptkamm war völlig frei, jenseits davon gab es dort und da ein paar unwesentliche Haufenwolken.

Über dem Ennstal erreichte sie die Meldung, aus Graz sei ein Verband deutscher Messerschmidts in ihre Richtung unterwegs. Das alarmierte sie, wurde aber wenig später wieder dementiert. Sonst verlief der Flug völlig störungsfrei.

Nachdem sie bei Ybbs die Donau erreicht hatten und nach Westen umgeschwenkt waren, meldete sich Randy Shoemaker bei Shaffer mit der Frage, ob er denn wisse, was in den Hermann-Göring-Werken so produziert werde. Shaffer überlegte kurz und sagte, er habe keine Ahnung, aber egal, welche Dinge es seien, sie besäßen unter Garantie eine starke Bodenplatte. Shoemaker versuchte Göring nachzuäffen, indem er mehrmals »Sturzkampfbomber« sagte, und bekam dabei einen Lachanfall.

Ob das der Punkt war, an dem Benjamin Shaffer auf die Treibstoffanzeige blickte und feststellte, dass es Zeit war, sich der Abwurftanks zu entledigen, ließ sich später nicht mehr rekonstruieren. Jedenfalls war er hundertprozentig konzentriert auf die Frage nach der besten Stelle für das Ausklinken der Tanks, als er nebenbei den Blick wieder nach vorn richtete. Das mag erklären, dass er die Reihe winziger weißer Wölkchen, die in einer Entfernung von vielleicht zwei Meilen in der Luft standen, anfangs nur halbbewusst wahrnahm. Willie O'Shea würde sagen, *Wie eine Perlenschnur*, dachte er, außerdem, dass es erstaunlich war, wie sehr die Menschen offenbar dazu neigten, immer wieder auf dieselben Vergleiche zurückzugreifen.

Etwa zur gleichen Zeit überquerte Isolde Kleinschmidt den Hauptplatz und betrat das kleine Hutgeschäft, einerseits, um die Kassa zu bestücken, andererseits, um sich auf einen angekündigten Besuch vorzubereiten. Das Wechselgeld hätte sie vermutlich in der Tasche lassen können, denn in den vergangenen Tagen hatte es kaum Kundschaft gegeben. Der Letzte war der bekanntermaßen schrullige Stadtarchivar gewesen, der sich ein Paar pelzbesetzte Ohrenwärmer gekauft und auf Isoldes Einwand, es sei doch gerade Frühlingsbeginn, entgegnet hatte, das sei seinen Ohren aber so etwas von egal, die Vorletzte eine ihr unbekannte Dame in einem eleganten kaffeebraunen Kostüm. Sie hatte am Ende ein Paar beige Lederhandschuhe genommen, außerdem eine Doppelpackung weiße Stecktücher. »Für Ihren Gatten?«, hatte Isolde gefragt und die Frau hatte gesagt: »Nein, für meine beiden Söhne – Zwillinge.« Isolde konnte sich noch genau erinnern, auch daran, dass sie es nicht gewagt hatte, die Frau zu fragen, woher sie denn komme.

Sie schritt die Regale entlang. Strickmützen, Schirmkappen, Hüte, Kopftücher. Sie hätte die Positionen der einzelnen Dinge im Schlaf aufsagen können. Vor einem anthrazitgrauen, breitkrempigen Männer-Fedora blieb sie stehen. *Ihr* Hut. Sie würde erneut ihn verwenden. Es gab Dinge, die funktionierten einfach. Isolde ging ganz nach hinten, betrat den kleinen fensterlosen Lagerraum, drehte das Licht an, breitete ein weißes Baumwolltuch über den Sortiertisch und glättete es sorgfältig mit der flachen Hand. Danach stand sie eine Weile da und schaute in den Verkaufsraum hinaus. Sie summte ein paar Töne. Irgendetwas dran passte nicht, und sie war gleich wieder still.

Der Apotheker war um Punkt halb acht an der Tür. Sie öffnete und schloss hinter ihm sofort wieder ab. Er nahm die Kappe vom Kopf, löste die Koppel und legte seinen langen grauen SA-Mantel auf den Stuhl, der neben dem Probierspiegel stand. »Muss die Kampfbinde sein?«, fragte sie und wies auf seinen linken Oberarm. »Sei froh, dass es nicht zwei sind«, sagte er und grinste, »können wir?« Nein, er habe ihr noch etwas versprochen, sagte sie. »Versprochen?«, fragte er. Ja, für ihre Mutter, sagte sie und hielt die Hand auf. Er lachte schallend.

»Du meinst nicht vielleicht eine neue Ahnentafel?«, fragte er.

Sie schaute ihn wortlos an. Er langte in die Innentasche des abgelegten Mantels und zog zwei Medikamentenröhrchen heraus. »Prontosil, bitteschön«, sagte er, »drei Tabletten täglich. Können wir jetzt?« Isolde drehte sich um und ging in Richtung Lager.

»Du hast schöne Haare«, sagte der Apotheker, während er seine Kniebundhose aufknöpfte. Isolde setzte sich auf die Kante des weiß gedeckten Sortiertisches, sah die untersetzte Gestalt, den Glatzkopf und die Gier in diesem Gesicht. »Ich weiß«, sagte sie, legte sich nach hinten und schloss die Augen.

Sie sah den schwarzgrauen Fedora mit der breiten Krempe vor sich liegen, sah, wie sie ihn aus dem Regal nahm, ein paarmal herumdrehte und ihn sich dann auf den kastanienroten Aufsteckzopf setzte. Sie sah, wie sie in den Probierspiegel blickte, sich selbst zulächelte und wie am Ende, völlig getrennt von der unteren Hälfte, ihr Oberkörper und ihr Kopf durch den Verkaufsraum zur Tür schwebten, mit dem Männerhut ganz oben drauf.

Die Granate durchschlug den Abwurftank im vorderen Drittel, drang auf Höhe der MGs in die Tragfläche ein und explodierte in ihrem Inneren. Benjamin Shaffer spürte die Erschütterung, sah rechts von sich das weiße Aufflammen und hörte den Knall. Er dachte ein paar Dinge gleichzeitig: dass er sich die Idee, jederzeit in der Lage zu sein, die eigene Maschine auch in angeschossenem Zustand heil auf den Boden zu bringen, abschminken konnte, dass die Granate vermutlich glatt durch die Tragfläche gegangen und erst danach explodiert wäre, wenn er die Tanks schon früher abgeworfen hätte, dass Akron, Ohio, eine Stadt war, in der es das ganze Jahr über nach Reifengummi und Bitumen stank und alle, die behaupteten, nach ein paar Jahren rieche man das nicht mehr, nicht die Wahrheit sagten, und schließlich, dass Randy Shoemaker mit seiner Warnung vor der Kollision mit einem Engel möglicherweise die ganze Zeit über recht gehabt hatte.

Er war in einer seltsam gelassenen Stimmung, als er durchgab, getroffen zu sein, zog die Maschine nach links unten, um die Formation zu verlassen, drosselte die Geschwindigkeit und löste den Sitzgurt. Er vergewisserte sich, dass der Bügel der Aufziehleine griffbereit unter der linken Schulter lag, stoppte den Motor, langte an den roten Hebel rechts unten, sprengte die Plexiglaskuppel vom Cockpit und stieg aus. Er nahm nicht mehr wahr, dass er der Einzige blieb, den es erwischte, ebenso wenig, dass zwei Tuskegees aus dem Verband ausscherten, in einer Doppelspirale nach unten gingen, mehrere Schleifen zogen und die Flak, die nach wenigen Salven aufgehört hatte zu feuern, dann doch nicht fanden. Schließlich blieb es ihm auch erspart zu sehen, dass es seiner Maschine einige hundert Meter, bevor sie auf dem Boden aufschlug, den brennenden Flügel tatsächlich abriss.

Benjamin Joseph Shaffer, 2nd Lieutenant der United States Army Air Forces, wurde am frühen Vormittag auf einer zur Katastralgemeinde Eisenreichdornach gehörenden Wiese etwa zwei Kilometer östlich des Stadtgebietes neben seinem

Fallschirm gefunden und von der städtischen Ordnungspolizei in Gewahrsam genommen. Er war nach dem Absprung benommen und klagte über Schmerzen im linken Ellbogen, konnte jedoch ohne Unterstützung frei gehen. Da man ihm seine Pistole abgenommen hatte und keinerlei Gefahr von ihm auszugehen schien, wurde auf Geheiß des kommandierenden Ordnungsgendarmen Hans Redler während des Marsches in Richtung Stadt auf eine Fesselung des Mannes verzichtet. Erst als etwa bei Erreichen der Stadtgrenze Fliegeralarm ausgelöst wurde und man sich genötigt sah, den nächstliegenden Luftschutzkeller aufzusuchen, wurden ihm Handfesseln angelegt.

Was im Einzelnen die Stimmung gegen Shaffer so aufheizte, ist schwer zu sagen. Fest steht, dass unter den Menschen in jenem Keller in der Nähe des städtischen Krankenhauses einige SA-Leute waren, die schon nach kurzer Zeit begannen, Geschichten darüber zu erzählen, dass die Amerikaner in Wahrheit darauf abzielten, sämtliche Städte des Deutschen Reiches dem Erdboden gleichzumachen, um sich danach die überlebende Bevölkerung als Sklaven zu halten. Im Vernichten und Versklaven seien die Amerikaner immer schon gut gewesen.

Bei Aufhebung des Alarms etwas mehr als drei Stunden später hatte man Shaffer zwei Schneidezähne ausgeschlagen und eine Rissquetschwunde über dem rechten Auge zugefügt. Dass er noch lebte, war weniger der Entschlossenheit des Ordnungsgendarmen Redler zu verdanken als vielmehr einer Art Eingebung. Als die Leute – Männer wie

Frauen – begannen, auf Shaffer loszugehen und immer lauter nach einem Strick gerufen wurde, sagte Redler – offenbar in erster Linie, um zumindest einen Rest von Autorität zu wahren –, sie sollten sich keine Sorgen machen, sie dürften den Mann schon aufhängen, er müsse nur davor dem Apotheker gezeigt werden.

Der Fliegeralarm wurde also aufgehoben, und natürlich hätte es sich am ehesten so zugetragen, dass sie Shaffer – blutüberströmt und die Hände auf den Rücken gebunden – durch die Preinsbacher Straße stadteinwärts geführt hätten, und natürlich wäre angesichts der neuesten Bombenschäden die Wut der Leute gegen ihn weiter angewachsen, und der Gendarm hätte alle Hände voll zu tun gehabt, eine Steinigung des Amerikaners vor Erreichen des Hauptplatzes zu verhindern. Am Ende hätte Redler überhaupt nur noch den Satz gesagt: »Ihr dürft ihn dann eh aufhängen.«

Der Apotheker wäre mit verschränkten Armen vor seinem Geschäft gestanden und hätte den Auflauf mit sichtlichem Genuss betrachtet. Er wäre auf den Amerikaner zugegangen, hätte ihm an den Hals gefasst und seine Marke hervorgezogen. Er hätte einen Blick darauf geworfen, gegrinst und in die Menge gerufen: »Was macht man mit Volksfeinden?« Den Einwand des ebenfalls anwesenden SA-Oberscharführers Asbeck, man könne solche Leute doch gut gebrauchen, zur Blindgängersuche zum Beispiel, hätte er mit einer Handbewegung weggewischt.

Die Schar hätte sich unter einer Laterne am nordwestlichen Ende versammelt, und der Ordnungsgendarm Redler wäre entspannt und sichtlich frei von Verantwortung neben dem Apotheker gestanden. Ob man den Strick aus der nahe gelegenen Seilerei in der Ardagger Straße geholt hätte, wäre nachher nicht mehr wichtig gewesen, genauso wie die Beantwortung der Frage, woher die Holzleiter stammte, die man plötzlich zur Hand gehabt hätte.

Der Amerikaner hätte sich natürlich gewehrt, aber nach Aufforderung des Apothekers hätten sich augenblicklich einige starke Freiwillige gefunden. Sie hätten den Mann hochgehoben, ausreichend ruhig gehalten und im richtigen Moment fallen gelassen.

So wäre es am ehesten gewesen.

Isolde Kleinschmidt erzählte später nur ganz selten, wie sie auf Grund des Lärms vor das Geschäft getreten sei, wie sie zuerst gedacht habe, mit der Laterne sei etwas nicht in Ordnung, und wie sie dann den Apotheker Parolen brüllen gehört habe. Die Menge sei im Übrigen völlig gemischt gewesen, auch Frauen und Kinder; zwei Lehrerinnen aus der Volksschule, der Stadtbaumeister mit seinem Sohn, die alte Frau Schwabl, die sich auch vor dem Krieg schon ständig verfolgt gefühlt habe. Der Amerikaner sei zu diesem Zeitpunkt auf dem Boden gesessen. Sie habe ihn erst wahrgenommen, als sie der Apotheker herangewunken habe. »Soll ich dir etwas zeigen?«, habe er gefragt und gegrinst. Sie habe bloß mit den Schultern gezuckt, woraufhin er an die Jacke des Mannes gefasst, ihn hochgerissen und ihr seine Identitätsmarke vor die Nase gehalten habe. »Lies vor!«, habe der Apotheker gesagt.

Solange sie lebe, werde sie die schwarzbraunen Augen des Mannes nicht vergessen, und solange sie lebe, werde sie auswendig wissen, was sie damals vorgelesen habe: »Benjamin J. Shaffer, 52071193, T43-44, AB, H«. Ob sie wisse, was T43-44 bedeute, habe der Apotheker gefragt, und als sie den Kopf geschüttelt habe, habe er aufgejohlt und dem Mann auf die Schulter gehauen. »Dass er gegen Tetanus geimpft ist!«, habe er gebrüllt, und AB sei die Blutgruppe, er sei ein Volksfeind, aber einer mit seltener Blutgruppe.

Am Schluss habe er mit dem Finger auf das H gezeigt, erneut gegrinst und gefragt, ob sie wisse, was das bedeute. In diesem Moment habe sie den Fedora mit der breiten Krempe vor sich gesehen, sich selbst, wie sie durchs Geschäft schwebte, und im Hinterzimmer einen lächerlichen glatzköpfigen Mann, der sich an einem Frauenunterkörper abmühte. Ja, habe sie gesagt, das wisse sie genau.

Unmittelbar darauf habe sie sich zu seinem Ohr gebeugt und gesagt, es sei ihr egal, was passiere, aber sie werde jetzt alles sagen, laut und deutlich. Sie werde sagen, was das H bedeute und wer sie sei und was der Herr Apotheker mit ihr mache. Alle hier sollten es hören, der Stadtbaumeister, die SA und seine Frau Gemahlin. Ihr selbst werde viel leichter sein.

Der Apotheker habe überrascht geschaut, sich langsam umgedreht und dem Gendarmen ein Zeichen gegeben. »Wer sind die Volksfeinde?«, habe er in die Menge gerufen und: »Sind wir auch solche Barbaren?!« Er habe die Reaktion der Leute nicht wirklich abgewartet, sondern gleich gesagt, man solle den Mann ins Lager bringen und Blindgänger suchen lassen.

29. März 1945

Antonia fliegt. Man hat das Gefühl, sie bewegt sich in kleinen Bögen durch die Luft und berührt dazwischen nur ganz kurz den Boden. Dazu trägt sie einen leuchtenden Grimm im Gesicht, der einen dazu bringt, dass man sie auf der Stelle umarmen möchte, obwohl man weiß, dass sie einen dann mit Sicherheit verdrischt. Sie ist hinter Michail her, das sieht ein Blinder. Sie bewacht ihn, sie folgt ihm auf Schritt und Tritt, und wenn sich jemand anderer für ihn interessiert, wird sie zum Kettenhund. Sogar das Recht, schlecht über ihn zu sprechen, beansprucht sie für sich. »Du bist ein Spinner, und du frisst uns arm«, sagt sie zu ihm, und man sieht ihr an, dass sie es ernst meint. Er lacht dann. Wenn ich ihr all diese Dinge sage, sagt sie, ich solle ja den Mund halten, ich sei eine Lügnerin und ein Findelkind mit einem Bombenschaden und ich wisse ja nicht einmal, wie ich in Wahrheit heiße. Sie hat sich von Katharina die Zöpfe neu flechten lassen. Ich sage ihr nicht, dass ich das bemerkt habe.

Das Wetter ist nach wie vor schön und so warm, dass man in der Kittelschürze gehen kann. Der Huflattich blüht noch, der Löwenzahn beginnt gerade, und an den Forsythien gehen die ersten Knospen auf. Die gelbe Zeit fängt an, sagt Grete. Das ist überraschend, denn sie sagt solche Dinge sonst nie. Der Bauer meint, den Erdäpfeln ist es egal, ob Krieg ist oder nicht, sie müssen in den Boden rein, solange er einigermaßen trocken ist.

Laurenz hat den Anhänger an den Rand des Feldes gestellt und ist dabei, das Pferd abzuschirren. Mit einem langen Hanfstrick, den er an den Trensenring knotet, bindet er es fest, so dass es halbwegs frei grasen kann. Als er uns kommen sieht, hält er inne. »Zu Hause hab ich was für dich«, sagt er zu Michail. »Was?«, fragt Michail. »Papier«, sagt er.

»Welches Papier?«

»Keine Ahnung«, sagt Laurenz, »zweihundert einfache Bögen.« »Ich muss es sehen«, sagt Michail. »Du musst gar nichts sehen, du musst Erdäpfel legen«, sagt Antonia und pflanzt sich vor ihm auf. Michail zögert, lächelt und salutiert.

Das Papier sei dicker als Schreibpapier, ein wenig rau und eher hellgrau als weiß, sagt Laurenz. Herr Streit, der Schreibwarenhändler, habe gesagt, für seine Zwecke müsse es ideal sein. Es stamme aus einer Waldviertler Papiermühle und sei ein Restbestand. Momentan werde diese Art von Papier nicht hergestellt. »Wer braucht schon hellgraues Papier?«, fragt Antonia. Michail sagt nichts drauf.

Laurenz und die Bäuerin bleiben beim Wagen und schneiden die Saatkartoffeln in zwei Hälften. Ich frage nicht, warum man das macht. Manche Dinge gehören einfach so.

Wir gehen nebeneinander und legen die entzweigeschnittenen Erdäpfel in die Furchen, die der Bauer am Morgen gezogen hat. Wir sind zu sechst und greifen jeweils zu zweit in einen Korb – Antonia und Michail, Roswitha und ich, Herr und Frau Lenzinger. Das Haus, in dem der Omnibuschauffeur und seine Frau wohnen, hat durch die Bombe, die ins Nebenhaus gefallen ist, einen Luftdruckschaden. Der Bauer und die Bäuerin haben gesagt, die beiden können ein paar Wochen bleiben, wenn sie auf dem Hof mithelfen.

Die frisch aufgerissene Erde riecht seltsam. Ich muss mir plötzlich ein unterirdisches Reich vorstellen, das von Maulwürfen, Haselmäusen und Siebenschläfern bevölkert wird. Alle sind ziemlich intelligent und machen sich über die Menschen lustig. Ich habe keine Ahnung, warum ich mir solche Dinge vorstelle.

Michail geht rechts von mir, noch weiter außen Antonia. Nach einer Weile frage ich ihn, was er denn auf dieses Papier malen werde. Er sagt, das wisse er nicht, das komme auf die Eingebung an. »Vielleicht Maulwürfe und Mäuse«, sage ich. Er sagt, Maulwürfe eher nicht, und ich sage, Maulwürfe seien aber irgendwie königliche Tiere. Antonia fragt, was denn das jetzt solle, Maulwürfe und Mäuse, sonst hätte ich es doch immer mit Heimatkunde und mit den Märtyrern. Ich überlege kurz, dann sage ich: »Na gut, von mir aus Märtyrer.« Michail sagt, auch Märtyrer habe er noch nie gemalt, und selbst wenn er nicht suprematistisch denke, wisse er nicht, ob er das könne.

»Männlich oder weiblich?«, frage ich. »Egal«, sagt er. »Drei männlich, drei weiblich?«, frage ich. »Von mir aus«, sagt er.

Stephanus nicht, sage ich, der ist zu langweilig – Steinigen, das ist wie bloßes Erschlagen.

Florian schon eher, dem werden mit einem scharfkantigen Instrument die Schulterblätter gebrochen, dann bindet man ihm einen Mühlstein um den Hals und stößt ihn in die Enns.

Oder Sebastian. Auf den schießt man erst mit Pfeilen, und als er das überlebt, prügelt man ihn mit Holzknüppeln zu Tode.

»Am liebsten aber immer noch Bartholomäus«, sage ich. »Warum?«, fragt Michail. »Ihm wird mit einem Schindermesser die Haut abgezogen«, sage ich. »Was ist ein Schindermesser?«, fragt Antonia. »Das Messer vom Wasenmeister«, sage ich.

»Und wer ist der Wasenmeister?«

»Einer, der Tieren die Haut abzieht.«

»Toten Tieren?«, fragt Roswitha. Sie hat bis jetzt sonst gar nichts gesagt. »Na hoffentlich!«, sagt Antonia.

»Und weiblich?«, fragt Michail. Die sind noch schöner, sage ich.

Zum Beispiel Agatha, sage ich. Man schneidet ihr die Brüste ab, und danach legt man sie auf glühende Kohlen, bis sie tot ist.

Frau Lenzinger richtet sich auf. »Muss das sein?«, fragt sie. Ich sage, das dürfe sie nicht mich fragen, und sie sagt, sie meine, ob man so grausliche Dinge erzählen müsse. »Er ist ein Maler«, sage ich, und dann sage ich, dass eh nur noch zwei kommen. »Dann schmücke es wenigstens nicht zu sehr aus«, sagt sie. Ich habe bis jetzt kein bisschen ausgeschmückt. Das sage ich aber nicht.

Margarete, sage ich. Man lässt einen Drachen zu ihr ins Verlies, man versengt ihr mit Fackeln die Achseln, und dann gibt es zwei Varianten. Die einen ertränken sie in einem Bottich mit Wasser, die anderen werfen sie in siedendes Öl. »Lieber das Öl«, sagt Antonia. »Warum?«, frage ich. »Einfach so«, sagt sie.

Am liebsten aber Lucia, sage ich. Man schneidet ihr die Augen aus dem Kopf. »Bitte aufhören«, sagt Roswitha. Sie ist ganz blass, so, als werde sie im nächsten Moment umfallen. »Ich hab's ja gesagt!« Frau Lenzinger schaut mich vorwurfsvoll an, legt den Arm um Roswitha und geht mit ihr zum Wagen.

»Ich hab nichts ausgeschmückt«, sage ich, als die beiden weg sind. Antonia zuckt mit den Schultern. »Sie ist komisch«, sagt sie. Roswitha ist blass mit Sommersprossen, isst nicht viel und spricht selten von sich aus. Sie wird Ende April zwölf, das ist das Einzige, was ich von ihr weiß. Von dem, was in ihrem Kopf vorgeht, habe ich keine Ahnung.

Die Gesichter würden ihn interessieren, sagt Michail, nachdem wir eine Zeitlang schweigend weitergearbeitet haben. Er könne sich vorstellen, diese Märtyrer-Gesichter zu malen. »Ohne Haut und ohne Augen?«, fragt Antonia. Ja, sagt er, oder unter Wasser oder in dem Moment, in dem man auf glühende Kohlen gelegt wird.

»Hast du eigentlich eine Familie?«, frage ich ihn. Er schaut mich verwundert an.

»Dort in Udranka bei Minsk – hast du dort noch eine Familie?«

Es macht den Eindruck, als würde er wirklich nachdenken. »Ich weiß es nicht«, sagt er schließlich.

Auf dem Heimweg nimmt mich die Bäuerin zur Seite und sagt, sie wisse schon, dass sie selbst mir all das erzählt habe, doch mit den Geschichten der Märtyrer dürfe man kein Schindluder treiben. Ob ich das verstünde. Ich schaue nach vorn zum Wagen, auf dem Roswitha sitzt. Sie darf mitfahren, weil sie beinahe umgefallen ist. Ich denke, dass Schindluder ein fürchterliches Wort ist, und sage, ja, das hätte ich verstanden.

Wir sehen ein Habichtspärchen, das über den Fichtenwipfeln kreist, und einen Hamster, der über die Wiese läuft. Ich schätze, Hamster sind keine königlichen Tiere.

Ich denke dran, dass Michail für das Lager, das er sich eingerichtet hat, beinahe die Hälfte des Heus gebraucht hat, und dass Laurenz gesagt hat, das macht nichts, weil das Vieh sowieso demnächst auf die Weide getrieben wird. Ich denke daran, dass die Bäuerin sein Drillichzeug gewaschen hat und dass er zurzeit Kleider von Leo trägt, ein blau-weiß gestreiftes Hemd, das passt, und eine grüne Cordstoffhose, die drei Fingerbreit zu kurz ist. Ich denke an die Gesichter, von denen er gesprochen hat, und an Leos Gesicht, das ich nicht kenne, nicht einmal von einem Foto. Am Ende fällt mir ein, dass ich vergessen habe, Michail zu fragen, mit welchen Farben er eigentlich auf dem hellgrauen Papier malen wird.

Auf dem Anstieg aus dem Graben zum Hof hinauf kommt uns der Bauer entgegen und bedeutet uns, stehen zu bleiben. Er ist außer Atem. Es sei eh nur Wehrmacht, ist das Erste, was er sagt. Dann sagt er, wir sollten nicht erschrecken, es stehe ein Militär-LKW auf dem Hof, mit dem drei Soldaten gekommen seien, zwei Gefreite und ein Leutnant, der Sprache nach der eine Gefreite aus Bayern, die beiden anderen aus Norddeutschland. Er habe ihnen Most eingeschenkt und sie in die Stube gesetzt. »Keine Sorge«, sagt er, »es ist keine SS.« Michail ist bleich geworden. »Wer bin ich?«, fragt er. »Michail Levjochin, Donauschwabe aus Templin bei Reschitz«, sage ich. Alle nicken.

»Wo sind meine Papiere?«, fragt er.

»Die haben die Russen«, sage ich.

»Und meine Familie?«

»Wie hättest du's gern?«

»Leider tot«, sagt er. Noch einmal nicken alle.

Die beiden Gefreiten springen auf, als wir die Stube betreten. Der Leutnant erhebt sich langsam. »Heil Hitler«, sagt er. Er ist mittelgroß, schlank und trägt eine Nickelbrille. Er hat einen schmalen Kopf, wie ein Vogel. Von seinem Haar kann man nicht sagen, ob es blond oder weiß ist. Wenn er spricht, macht er zwischen manchen Wörtern Pausen, so als würde er nachdenken. »Wir beabsichtigen, Ihre Gastlichkeit« – Pause – »nicht allzu lange« – Pause – »in Anspruch zu nehmen.« In dieser Art spricht er, und er sagt *Gute Frau* zur Bäuerin, »Gute Frau, wir könnten einen Imbiss vertragen.« Zum Bauern sagt er einfach *Bauer*. Er sagt, die zweite Panzerarmee, der sie angehörten, sei dabei, sich neu zu sammeln, Zelle für Zelle, um dann zum entscheidenden Gegenschlag auszuholen.

Ich gebe Antonia neben mir einen Tritt, denn ich spüre, wie sie sagen möchte, dass wir gehört haben, Wien befinde sich praktisch schon in den Händen der Russen, und auf der anderen Seite seien die Amerikaner längst in Oberösterreich. Sie schaut mich grimmig an und hält den Mund.

Der Leutnant sagt, er heiße Bernd Gollwitz und komme aus Aurich in Niedersachsen. Ich denke, es gibt Menschen, bei denen willst du dir nicht merken, wie sie heißen, zum Beispiel solche, die *Zelle für Zelle* sagen.

Was der Leutnant außerdem sagt, ist, dass er den Bauern ersucht, den Wagenschuppen für den LKW frei zu machen, und zwar komplett, so dass man auch Platz zum Ausladen von Gerät habe, außerdem, dass er sich absolut sicher sei, den tapferen Soldaten der deutschen Wehrmacht werde in diesem Haus ein ordentliches Nachtlager bereitet, schließlich, dass er den Volksempfänger aus Gründen der Sicherheit vorübergehend beschlagnahmen müsse.

Als die drei danach am Tisch sitzen und Selchspeck, Brot und eingelegte rote Rüben essen, sagt er noch, er freue sich schon drauf, wenn es dann am nächsten Tag für ihn und seine Männer einen richtig schönen Braten gebe. Die Bäuerin schaut ihn an, sagt nichts und verschwindet in der Küche.

»Ich schlafe im Heu«, zischt mir Antonia zu, als wir rausgehen. »Ich auch«, sage ich, »und Roswitha und Annemarie auch.« »Wie du meinst«, sagt sie. Antonia schläft üblicherweise in der oberen Mädchenkammer mit Roswitha in einem Doppelbett und ich in der Dienstbotenkammer mit Annemarie in einem schmalen. Also geht sich das mit den Soldaten leicht aus.

Wir teilen alle ein. Der Gefreite mit der bayerischen Aussprache müsse aber in die linke Hälfte, auf Roswithas Seite, sagt Antonia. »Weil er dick ist?«, frage ich. Sie schüttelt den Kopf. »Weil er schwitzt?«, frage ich. Nein, sagt sie, auch nicht deswegen. Plötzlich weiß ich es. »Weil er so dumm ist«, sage ich. Antonia strahlt und sagt, ja, es gebe Menschen, die bräuchten gar nicht den Mund aufzumachen, und man wisse schon alles. Sie habe das Gefühl, dass diese Dummheit in ihr Bett hineinsickern könnte, und von dort kriege man sie dann nie wieder raus.

Der Bauer, Laurenz, Michail und Herr Lenzinger räumen den Wagenschuppen leer. Sie ziehen den großen und den kleinen Heuwagen, den Zweiachser mit den Gummirädern, das Güllefass, den Heuwender und die beiden Pflüge raus und stellen sie unter die Mostbirnbäume. Am Ende kehrt Michail mit einem Reisigbesen den Boden. »Ist das nicht übertrieben?«, fragt Herr Lenzinger. Man könne nie wissen, sagt Michail, manche Leute hätten es gern sauber. Er hat den Besen noch in der Hand, als er Laurenz anschaut und fragt, ob es jetzt möglich sei, das Papier zu sehen. Laurenz nickt. »Ich hol's«, sagt er. »Und einen Bleistift«, ruft ihm Antonia nach.

Etwas später steht Michail an der Schmalseite des großen Heuwagens, vor sich auf der Ladefläche einen Bogen hellgrauen Zeichenkarton und eine schmale lindgrüne Schachtel. Alle stehen um ihn herum, Antonia ganz nahe, und Laurenz erzählt davon, wie ihm am Ende der Realschulzeit sein Zeichenlehrer diese Schachtel Pastellkreiden geschenkt und gemeint habe, bei ihm seien sie gut aufgehoben. Dann sei er ins Priesterseminar eingetreten und habe während der zwei Jahre, die er dort verbracht habe, kein einziges Bild gemalt.

»Was sind Pastellkreiden?«, fragt Antonia. Keiner gibt ihr eine Antwort.

Herr Lenzinger sagt, der Kreuzweg in der Stadtpfarrkirche – der sei großartig gemalt, und der Bauer sagt, wenn er es sich recht überlege, habe er sich schon immer ein Bild des Hofes gewünscht.

Ich denke daran, dass Michail gesagt hat, ihn würden die Märtyrer-Gesichter interessieren, ohne Haut und unter Wasser und in dem Moment, in dem man auf glühende Kohlen gelegt wird. Mir fällt ein, dass ich ihm nicht gesagt habe, wie Lucia stirbt, nachdem man ihr die Augen aus dem Kopf geschnitten hat. Durch einen Stich in den Hals.

Michail steht da, nimmt eine Kreide nach der anderen aus der Schachtel und legt sie nebeneinander auf. »Alle ungebraucht«, sagt Laurenz, »alle wie neu.« Dann beugt er sich zu Michail und sagt halblaut: »Weißt du, was ich mir von dir wünschen würde? Ein Hitlerbild.« Der Omnibuschauffeur schaut sich erschrocken um. Laurenz lacht und bekommt einen Hustenanfall. Wenn die Bäuerin da wäre, würde sie sagen: »Das ist die Strafe.«

Plötzlich greift Michail nach eine Kreide und zieht im oberen Drittel einen Strich quer übers ganze Blatt. Er ist violett.

»Das ist gut«, sagt er, »der Sieg über die Sonne.«

Laurenz sagt, dass alle Maler ein wenig spinnen, sonst wären sie keine. Danach bekommt er noch einen Hustenanfall.

30. März 1945

Wenn man sich konzentriert, kann man durch die Spalten zwischen den Scheunenbrettern in die Nacht hinausschauen. Ich mag das – dunkel, aber nicht ganz. Annemarie bebt neben mir. Anfangs hat sie herumgezappelt und mich getreten wie sonst im Bett auch, dann war sie still. Jetzt fühlt sie sich an wie ein Tier, das seltsame kleine Zitteranfälle hat. Roswitha liegt auf dem Rücken und atmet ganz ruhig. Ich denke daran, dass manche Menschen umfallen und manche beinahe; manchmal geht es dabei um herausgeschnittene Augen und manchmal darum, dass einen jemand adoptieren will.

Antonia hatte sich kaum hingelegt, da hat sie schon ihr Leintuch und ihre Decke gepackt und ist ans andere Ende des Heubodens gekrochen, dorthin, wo Michail liegt. Sie war dabei ganz leise, dann hat sie niesen müssen, und die beiden haben gelacht. Jetzt machen sie Sachen; es ist mir egal, was. Dazwischen reden sie. Ich höre »zudecken«, »weiß nicht«, »schön hier«, »Krieg« und andere Wörter. Ich stelle mir Antonias Zöpfe vor und ihren Blick, wenn sie ein Gedicht aufsagt, das mit »du findest sie nicht mehr« endet. Danach blicke ich einfach in die Finsternis unterm Dachfirst. Ich merke, wie mir die Tränen in die Augen steigen.

Wegen des Heustaubs wische ich sie nicht weg. Ich denke, dass ich da zwischen zwei schlafenden Mädchen liege und weine, und dass manchmal im Leben alles gut ist und man sich manchmal wünscht, dass nichts mehr weitergeht.

Irgendwann mitten in der Nacht erwache ich. Die Marder laufen über das Dach. Dem Geräusch nach sind es zumindest zwei Tiere. Ihre Krallen klingen wie Nägel auf Blech, und hin und wieder hört man sie fauchen. Laurenz sagt, Marder sind bedingungslose Jäger und von hoher Eleganz. Ich mag sie trotzdem nicht. Nicht wegen der Vogelnester, die sie ausräumen, oder weil sie den Hasenstall aufgebrochen haben und dann von den vier jungen Kaninchen nur noch eins übrig war, sondern weil sie hinterhältig und falsch sind. Da hilft die ganze Eleganz nichts.

Ich glaube, ich habe von der Eisenbahn geträumt, von einem Bahnhof, der so riesig war, dass man sich verlaufen konnte, und von einer Stadt, die ich nicht kannte. In ihr gab es mehrere Brücken und lauter weiße, gelbe und orangefarbene Häuser. Es könnte Reschitz gewesen sein.

Annemarie schläft noch. Sie hat sich während der Nacht tief eingegraben, so dass man sie kaum sieht. Roswitha steht neben unserem Lager und hat ihr Nachtzeug fein säuberlich gefaltet und zu einem Stapel geschlichtet. Michail schlüpft in sein Hemd, greift hinter sich ins Heu, zieht ein paar Bögen Papier und die Schachtel mit den Kreiden hervor und sagt, er muss zeichnen gehen. »Wo ist Antonia?«, frage ich. »Gerade runtergegangen«, sagt Michail.

Ich laufe hinterher. Unter den Birnbäumen, auf Höhe des Zweiachsers mit den Gummirädern, hole ich sie ein. Wir gehen nebeneinander in Richtung Haus. Auf halber Strecke zwischen Wagenschuppen und Haustor treffen wir den dünneren der beiden Gefreiten. Er hat rote Haare, aber wenn er den Helm trägt, ist das beinah nicht zu sehen. Antonia steuert direkt auf ihn zu. Das Sturmgewehr, das vorn an seinem Oberkörper hängt, scheint ihr egal zu sein. »Wie hast du geschlafen?«, fragt sie. Er macht einen Schritt zurück und schaut erschrocken. »Danke, gut«, stammelt er, »etwas zu kurz. Warum fragst du?« »Wieso zu kurz?«, fragt Antonia. Er habe während der ersten Nachthälfte Wache gehabt, sagt er, und, als Antonia fragt, weshalb Wache, sagt er, weil es so Befehl gewesen sei. »Du hast in meinem Bett geschlafen«, sagt sie. Darauf scheint ihm eine Zeit lang nichts einzufallen. »Das tut mir leid«, sagt er schließlich.

Der Leutnant sitzt am Tisch, vor sich einen Krug mit Milch und ein Glas. Die Bäuerin steht mitten in der Stube und zittert, der Bauer zwei Schritte hinter ihr, eine Handbreit von der Wand entfernt. »Wenn ich gesagt habe, *einen Braten*, dann meine ich auch einen Braten!«, sagt der Leutnant. »Es ist Karfreitag«, sagt die Bäuerin. Karfreitag, Karsamstag oder Karsonntag – das sei ihm alles völlig egal, sagt der Leutnant, wenn er für sich und seine Leute einen Braten wünsche, dann sei es für alle das Gesündeste, wenn er auch einen Braten kriege. Mit Weißkraut, Klößen und einer schönen Kruste habe er ihn sich vorgestellt, ganz wie üblich. »Bei uns ist der Karfreitag …«, sagt der Bauer. Was er denn mit *bei uns* meine, unterbricht ihn der Leutnant. Der Bauer sagt nichts darauf. »Knödel«, sagt Antonia halblaut. Ich stoße ihr den Ellbogen in die Seite.

Im Übrigen sei gar nicht genug Fleisch da, sagt die Bäuerin, die Zeiten seien schlecht, und am Karfreitag rechne niemand damit, dass man eins brauche. Der Leutnant nimmt einen Schluck aus seinem Glas. »Holt mir den Schwertfeger«, sagt er. Wen, fragt der Bauer, und der Leutnant sagt, Schwertfeger, den Bayern. »Er hat die zweite Wache gehabt und schläft«, sagt er, »weckt ihn.« Antonia dreht sich um und geht.

Ich schaue auf die schmalen Hände des Leutnants und stelle mir vor, wie dieser Mann zu Hause jeden Morgen ein Glas Milch trinkt, wie er danach die Zeitung liest, und wie am Sonntag die Familie ganz ruhig sein muss, während er seinen Mittagsschlaf hält. Ich stelle mir vor, dass Aurich eine Hauptstraße hat, ein Rathaus, das aussieht wie ein kleines Schloss, und jede Menge Häuser mit Bäumen und Sträuchern rundherum. Schließlich stelle ich mir vor, dass es in Aurich ein Stelle gibt, an der Heißluftballons starten und landen, einen weiten Platz mit Bänken rundherum, auf denen man sitzen und zusehen kann. Der Leutnant setzt sich eine Fliegerhaube aus braunem Leder und eine Fliegerbrille auf, steigt in den Korb seines Ballons und winkt zum Abschied. Manchmal muss ich mir solche Dinge vorstellen, ich kann nichts dagegen tun.

Antonia ist blass, als sie zurückkommt. Der dicke Gefreite trägt das Sturmgewehr bei sich wie zuvor der rothaarige. Er salutiert beim Betreten der Stube. Der Leutnant fragt ihn, ob ihm auf seinen Kontrollgängen etwas Verdächtiges aufgefallen sei, der Gefreite sagt, nein, der Leutnant fragt, ob er auch die landwirtschaftlichen Gebäude inspiziert habe, der Gefreite sagt, ja, selbstverständlich, und der Leutnant fragt, was er denn zum Beispiel in den Ställen gesehen habe. »Nichts Verdächtiges«, antwortet der Gefreite. »Sondern?«, fragt der Leutnant. Wie er das meine, fragt der Gefreite, und der Leutnant sagt, genau so, wie er es sage – was er in den Ställen gesehen habe. »Tiere«, sagt der Gefreite schließlich, »Rinder, Schweine, Pferde.« »Hast du sie gezählt?«, fragt der Leutnant. Der Dicke wird rot. Nein, sagt er, das habe er nicht, aber es seien zwei Pferde gewesen, das wisse er noch genau. »Und wie viele Schweine?«, fragt der Leutnant. Auch zwei, sagt der Gefreite, eventuell drei, aber da sei er sich nicht sicher.

Der Leutnant legt seine Hände flach auf den Tisch und schaut abwechselnd den Bauern und die Bäuerin an. Die Bäuerin steht da und sagt nichts. Der Bauer schüttelt den Kopf. Nein, sagt er, das könne er nicht von ihm verlangen, nicht am Karfreitag. Der Leutnant wartet eine Weile, dann lächelt er und sagt: »Muss ja nicht sein.« Er gibt dem Gefreiten ein Zeichen. »Such uns eins aus«, sagt er.

Laurenz ist mit den Rössern und der Sämaschine draußen, um die Sommergerste auszubringen. Wir holen ihn vom Feld. Er atmet hastig und spricht kein Wort, nachdem wir ihm alles erzählt haben. »Ich bringe ihn um«, sagt Antonia auf dem Heimweg. »Wen?«, frage ich.

»Den Bayern.«

»Wegen der Sau?«

Nein, sagt sie, weil er in ihrem Bett geschlafen habe und nicht in Roswithas. Als sie in die Kammer gekommen sei, habe sie ihn breit vor sich liegen gesehen und augenblicklich gewusst, dass seine Dummheit bereits bis in die innersten Schichten ihres Bettes eingesickert sei. Sie fürchte, es sei komplett verseucht und könne in Wahrheit nur noch verbrannt werden. Ich denke daran, wie Antonia letzte Nacht zu Michail gekrochen ist, wie sie geniest hat, und wie die beiden allerlei Wörter gesprochen haben, »schön hier« zum Beispiel oder »Krieg«. Dann denke ich, dass Schwertfeger ein seltsamer Name ist, und sage nichts. »Lach nicht so blöd!«, faucht sie.

Als wir zurück auf den Hof kommen, ist alles wie nach dem normalen Abstechen. Die Sau liegt in dem schmalen Raum zwischen Schweine- und Pferdestall in einem großen Holzbottich. Der Bauer übergießt sie mit kochendem Wasser, und Grete und Katharina schaben die Borsten von der Schwarte. Das Ausbluten sei sich gerade noch ausgegangen, sagt der Bauer. Zuerst schießen und dann erst denken, das sei typisch für solche Leute. Ich blicke mich um. Antonia scheint es nicht gehört zu haben.

Nach dem Abbrühen binden sie die Hinterläufe an ein Joch mit links und rechts je einem Eisenring und ziehen das Schwein mit Hilfe eines Klobenrads zur Decke hoch. Laurenz und der Bauer öffnen es der Länge nach und nehmen die Innereien heraus. Dann schneiden sie ihm den Kopf ab. Es macht ein klatschendes Geräusch, als der Schädel zu Boden fällt. Ich mag ihn mir nicht anschauen. Ich stelle mir zwei dunkle Löcher in der Stirn vor, das genügt.

Es ist halb vier, als der Braten endlich fertig ist. Das Zerlegen der Sau hat seine Zeit gedauert, und der Küchenherd musste erst auf die richtige Temperatur gebracht werden. Das andere ist gelaufen wie sonst auch – Kraut, Knödel, alles. Während des Krautschneidens hat die Bäuerin ein einziges Mal hochgeblickt und gesagt, sie wisse unter Garantie, dass sie für diese Angelegenheit im Fegefeuer werde büßen müssen. Danach hat sie weitergeschnitten, als wäre alles ganz normal, wie an einem Sonntagvormittag zum Beispiel. Der Leutnant hat mehrere Male in die Küche geschaut und jedes Mal gesagt: »Gut Ding braucht Weile.«

Annemarie hockt seit mehr als einer Stunde auf der Ofenbank und redet darüber, wie gut es hier nach Knoblauch und Kümmel riecht. Ich finde das auch, obwohl ich andererseits auf der Stelle ein schlechtes Gewissen kriege, weil ich das Schwein selbst ab und zu gefüttert habe und es außerdem ursprünglich eins jener Ferkel war, die von der Bäuerin und von Grete mit der Flasche großgezogen wurden. Manchmal lehnen Mütter ihre Jungen ab, angeblich ist das bei allen Lebewesen so. Die Sache mit dem Karfreitag und dem Fegefeuer ist mir übrigens völlig egal, aber das behalte ich für mich.

Der Leutnant erhebt sich, schlägt mit dem Messer an den Krug und fragt, ob alle da sind. Antonia fehlt, sagt die Bäuerin, und der Leutnant fragt, wo sie ist. »In der Andacht«, sagt die Bäuerin, »damit wenigstens eine von uns dort ist.« »Und der Lange?«, fragt er. Welcher Lange, fragt die Bäuerin, und der Leutnant sagt, der junge Mann, der angeblich ein Donauschwabe ist. »Ist draußen und malt«, sage ich. Der Leutnant legt erneut die Hände flach auf den Tisch. Es sei besser für den Donauschwaben, hereinzukommen und mitzuessen, sagt er, man solle ihm das ausrichten.

Michail steht vor der Schmalseite des Heuwagens und zeichnet, genau wie zuletzt. Antonia lehnt an der Kante des Aufsteckgitters und schaut ihm zu. Auf der Ladefläche liegen mehrere Bilder. Er dreht das, an dem er gerade malt, rasch um, als er merkt, dass ich versuche, ihm über die Schulter zu schauen. Beide lachen. Spionieren sei verboten, sagt er, man dürfe nur fertige Bilder sehen. »Was malst du gerade?«, frage ich. »Ein Quadrat«, sagt er und lacht noch einmal. Ich sehe, dass seine Handflächen voller Farben sind, rot, schwarz, weiß und gelb, ganz wild. Ich werfe einen Blick auf die anderen Bilder. »Was soll das sein?«, frage ich. »Ein Haus«, sagt Michail, »und eine Burg.« »Und ein Flugzeug, ein dunkler Teich, eine Kuh und ein Hampelmann«, sagt Antonia. Ich sehe Quadrate, Rechtecke, Halbmonde und Ellipsen und keinen dunklen Teich. Plötzlich muss ich daran denken, wie ich in der Finsternis auf die Stadt hinabgeschaut habe, auf die Dächer, auf die Kirchtürme und auf den brennenden Ölzug. Ich sage Michail, dass ihm der Leutnant nicht traut, und er sagt, dass er sich das gleich gedacht hat. »Reschitz ist eine schöne Stadt«, sage ich, »es gibt dort nur weiße, gelbe und orangefarbene Häuser.« Er zieht die Brauen hoch und tut erstaunt. Mir ist nichts Besseres eingefallen.

»Heil Hitler!«, sagt der Leutnant, als wir die Stube betreten. »Heil Hitler!«, grüßt Michail zurück. Der Leutnant fragt, welche Bilder er denn den ganzen Tag über gemalt habe, und Michail erwidert, eine Burg, einen dunklen Teich und ein Flugzeug. Welche Art von Flugzeug, fragt der Leutnant. Michail antwortet, eine britische Lancaster über Berlin, und als der Leutnant überrascht schaut, sagt er, eine Lancaster, die gerade abstürzt. Der rothaarige Gefreite lacht laut auf, woraufhin ihm der Leutnant einen strafenden Blick zuwirft. »Das werden wir uns nachher ansehen«, sagt er.

Jeder von uns wird aufgefordert, etwas von sich zu erzählen. Nur so könne ein Essen kurzweilig werden, sagt der Leutnant. Der rothaarige Gefreite, der Friedrich heißt, erzählt, im Emsland, woher er komme, gebe es Windmühlen und Torfstechereien, und die Kühe, die entweder schwarz oder schwarz-weiß gescheckt seien, seien die besten Milchkühe der Welt. Sein Vater besitze eine kleine Ziegelei, und seine ältere Schwester sei zwar mit einem leicht verkrüppelten Arm zur Welt gekommen, habe es aber trotzdem bis zur Anwaltsgehilfin gebracht. Wenn der Krieg am Ende gewonnen sei, werde er selbst den Betrieb übernehmen und mit dem Wiederaufbau das große Geld machen. »Was braucht man, wenn alles kaputt ist? Ziegel!«, sagt er. Er schlingt riesige Bissen in sich hinein, und in seiner Fahrigkeit und mit seinen ängstlich aufgerissenen Augen wirkt er so, als befürchte er, es könne die Ziegelei und die Schwester mit dem verkrüppelten Arm gar nicht mehr geben. Herr Lenzinger merkt es und legt ihm die Hand auf den Oberarm. Dann erzählt er selbst ein paar von seinen Omnibusgeschichten. Wir haben sie mehrmals gehört, seit er bei uns ist, aber das macht nichts. Zum Beispiel die Geschichte vom Benediktinerpater, der während der Fahrt einen kleinen Schlaganfall erleidet und dann nicht mehr weiß, in welches Kloster er gehört. Oder die Geschichte von der alten Frau, die in der letzten Reihe einschläft, vergessen wird und am nächsten Morgen auch dann noch gegen die Scheiben klopft und »Hilfe!« ruft, als er längst bei ihr ist. Oder die Geschichte, wie der Lohnbuchhalter, von dem man weiß, dass ihn der Krieg verrückt gemacht hat, eines Morgens tatsächlich in den Omnibus steigt und im Fahrgastraum beginnt, mit einer Handgranate herumzuspielen.

»Na, wenigstens ist sie nicht explodiert«, sagt der Leutnant. Nein, nicht im Bus, antwortet Herr Lenzinger, das sei tatsächlich ein Glück gewesen.

»Und was ist mit dir?« Der Leutnant wendet sich unvermittelt an Antonia. Sie starrt vor sich auf den Teller und antwortet nicht. Was solle mit ihr sein, fragt die Bäuerin, Antonia sei die Mittlere, das heiße, eigentlich die Vierte, wenn man den Sohn mitzähle. »Den Sohn?«, fragt der Leutnant. Die Bäuerin sagt, ja, der Sohn, der Zweitälteste. »Wo ist er?«, fragt der Leutnant, und die Bäuerin sagt, der letzte Brief sei aus Aachen gekommen, das sei aber schon ewig her. Ich blicke zu Laurenz hinüber. Er hat einen Bissen Kraut auf die Gabel geladen und schaut irgendwohin.

»Wie war die Andacht?«, fragt der Leutnant. Antonia hebt den Kopf und schaut ihn direkt an. Still, sagt sie, wie immer am Karfreitag. Es habe weder Glockengeläute gegeben noch Musik und statt der Handglocken der Ministranten nur seltsame Holzklappern. Der Pfarrer habe gepredigt, dass der Krieg bald aus sein werde, da sei es besonders still gewesen.

Die Bäuerin presst sich die Finger auf die Augen. Der Leutnant legt das Besteck weg. Ja, das stimme, sagt er, der Krieg werde bald aus sein. Das deutsche Volk werde sich erheben, und alle, die das bisher gerne anders gesehen hätten, würden in den Staub geworfen werden. Dann legt er los. Er wird lauter, aber nicht so richtig, und als er fertig ist, ist der rothaarige Gefreite aus dem Emsland so blass im Gesicht wie gestern auf dem Feld Roswitha.

Am Ende haben Herr Lenzinger und der Gefreite Schwertfeger am meisten gegessen, nämlich je drei Stück Fleisch und zwei Knödel, gefolgt von Michail mit zwei Stück Fleisch und zwei Knödeln und dem Leutnant und Katharina mit je zwei Stück Fleisch und eineinhalb Knödeln. Die Bäuerin, Grete und Antonia haben gar kein Fleisch gegessen, Laurenz nur ganz wenig, aber er hat von vornherein gesagt, dass er keinen Appetit hat. Ich komme mir blöd vor, aber manchmal hilft es, wenn man einfach Dinge zählt.

Während der Tisch abgeräumt wird, erzählt der Leutnant Geschichten aus Ostfriesland, von Springfluten und vom Watt und davon, wie es rings um Aurich ist, wenn im Mai die Rhododendren blühen. Am Schluss winkt er Michail zu sich und sagt, er müsse ihn noch etwas zu Templin fragen.

Die Geschichte vom nicht erschossenen Suprematisten

Der Tag, an dem Jakob Leithner ein Held war, begann damit, dass seine Frau Eier färbte. Sie hatte zwar in der Woche davor schon einen gewissen Vorrat angesammelt, war aber an diesem Morgen nach dem Füttern und Melken der Kühe trotzdem selbst in den Hühnerstall gegangen und hatte aus sämtlichen Nestern die Eier abgetragen. Sonst taten das die Töchter, nur der Karsamstag war jedes Jahr eine Ausnahme. Am Ende zählte sie insgesamt sechzig Stück, etwa so viele wie in den vergangenen Jahren auch. Das beruhigte sie. Sie schaffte die Eier in die Küche, stellte einen großen Topf Wasser auf den Herd und gab ein paar Spritzer Essig hinein. Dann stieg sie hinunter in den Gemüsekeller, holte einen Henkelkorb voll Zwiebeln, schälte sie und warf die trockenen Häute ins Wasser. Rote Eierfarbe hatte sie in diesem Jahr nirgends bekommen, nicht im Farbengeschäft und auch nicht in der Drogerie von Hans Schellander, bei dem sie diese Dinge üblicherweise kaufte.

Eine halbe Stunde später hatte sie zwei flache Strohkörbe voll mit hartgekochten Eiern auf dem Küchentisch stehen, alle wunderbar gleichmäßig gefärbt, von goldocker bis kastanienbraun, je nachdem, wie lange sie sich im Schalensud befunden hatten. Sie fettete sie mit einer Speckschwarte und polierte mit dem Geschirrtuch nach, bis sie glänzten. Die Hälfte der Eier würde am Abend zur Speisenweihe in die Osternachtsfeier mitgenommen werden, die anderen würde man ungeweiht verschenken. Die Bäuerin war zufrieden, und hätte sich jemand bei ihr befunden, hätte sie höchstwahrscheinlich gesagt, das sei jetzt eine jener Situationen, in denen sie sich wirklich reich fühle.

Die Geräusche in der Stube nebenan irritierten Barbara Leithner vorerst gar nicht. Sie ordnete sie intuitiv den Kindern zu, die möglicherweise frühzeitig aufgestanden waren. In Anbetracht der unüblichen Schlafsituation in den letzten Nächten wäre das nur allzu verständlich gewesen. Erst als der Soldat, den sie tags zuvor als Gefreiten Schwertfeger kennengelernt hatte, in der Tür stand und sagte, der Herr Leutnant ersuche um einen Krug Milch und ein paar Gläser, wusste sie, dass sie sich irrte. Sie ging zum Fenster, goss Milch aus der Emailkanne in den Krug und reichte ihn dem Soldaten. Sie wies auf das Sturmgewehr vor seiner Brust. »Muss das sein?«, fragte sie. Schwertfeger hob ein wenig betreten die Schultern. Er fürchte, ja, sagte er.

Als Barbara Leithner wenige Augenblicke später mit drei Trinkgläsern in die Stube nachkam, nahm sie zuallererst den Stuhl wahr, der da mitten im Raum stand, so, als sei er dort vergessen worden. Sie steuerte auf ihn zu. »Stehen lassen«, sagte der Leutnant. Bernd Gollwitz, Leutnant der zweiten Panzerarmee der deutschen Wehrmacht, saß hinter dem Stubentisch und visierte über den Rand seiner Brille hinweg den Stuhl an. Offenbar ging es um die richtige Distanz. Die Bäuerin stellte die Gläser ab. »Was soll das werden?«, fragte sie. »Ich möchte nicht unhöflich sein, aber das geht Sie nichts an, gute Frau«, sagte er, und sie war nahe daran, zu entgegnen, sie habe ihre Zweifel, ob sie tatsächlich eine gute Frau sei.

»Wo ist er?«, fragte der Leutnant. »Hinterm Wagenschuppen«, antwortete Schwertfeger, »Friedrich sagt, er malt schon wieder. Er hat noch in der Dämmerung begonnen.« »Holt ihn her«, sagte der Leutnant. Dann bedeutete er der Bäuerin, sie solle den Raum verlassen.

Michail Levjochin machte den Eindruck, als habe er mit so etwas gerechnet, als plötzlich beide Gefreiten am Heuwagen auftauchten und der dicke ihn aufforderte, ihnen ins Haus zu folgen. Levjochin sammelte die Zeichnungen ein, stapelte sie und steckte die Pastellkreiden in die Schachtel zurück. »Hände waschen?«, fragte er und hielt seine Handflächen vor die Gesichter der beiden. Er glaube nicht, dass das notwendig sein werde, sagte der Rothaarige.

»Setzen«, sagte der Leutnant, als sie eintraten, und wies auf den Stuhl in der Mitte des Raumes. Levjochin schaute sich um. »Was wird das?«, fragte er. »Ein Gespräch«, sagte der Leutnant.

Das habe doch am Vorabend schon stattgefunden.

Am Vorabend habe die Sache privaten Charakter gehabt. Das sei jetzt nicht mehr der Fall. Er solle also bitte so gut sein …

Levjochin legte den kleinen Stoß Zeichnungen und die Kreiden auf den Boden und setzte sich. Der Gefreite Schwertfeger wurde angewiesen, sich an der Tür zu postieren, der Rothaarige wurde hinter einem Blatt Papier und einem Stift an der Schmalseite des Tisches platziert.

»Wie heißen Sie?«, fragte der Leutnant. Levjochin wirkte erneut überrascht. »Warum siezen Sie mich?«, fragte er. Noch einmal – es sei nicht mehr privat, sagte der Leutnant, wenn er also die Güte haben wolle …

»Michail Jegorowitsch Levjochin.«

»Geboren?«

»Vierter November neunzehnhundertneunzehn.«

So jung, sagte der Leutnant – ob denn Levjochin ein donauschwäbischer Name sei. »Nein«, sagte Levjochin.

»Sondern?«

»Ein russischer.«

Aha, sagte der Leutnant, und wie sei er dann auf diese Donauschwaben-Geschichte gekommen. Das habe er ihm doch am Vortag schon alles erzählt, antwortete Levjochin. Gollwitz sprang auf und schlug mit der flachen Hand auf den Tisch. »Gestern war privat!«, brüllte er. Levjochin schloss für eine Sekunde die Augen. Dann sagte er, das Mädchen habe die Idee gehabt, und ihm habe sie gefallen – das Mädchen, Nelli, die ja selbst aus einer ausgebombten donauschwäbischen Familie stamme und einen Kriegsschaden habe, im Gegensatz zu ihm aber Papiere.

Das Mädchen, das seines Wissens aus Reschitz komme, sagte der Leutnant, aus Reschitz im Banat, nahe zu Temeswar und noch näher zu Templin. Levjochin schüttelte den Kopf.

Sondern? – Das habe er doch alles schon …

»Dann eben noch einmal!«, brüllte der Leutnant.

»Die ganze Geschichte?«, fragte Levjochin, und der Leutnant sagte, ja, die ganze Geschichte.

Er, Michail Jegorowitsch Levjochin, Student der Malerei und ursprünglich aus dem Dorf Udranka bei Minsk, erzählte der junge Mann, sei im April 1941 zur sowjetischen Armee eingezogen und als einfacher Soldat des 47. Schützenkorps am 30. Juni 1941 in der Schlacht bei Białystok von den Deutschen gefangen genommen worden. In der Zeit vor seiner Gefangennahme habe er maximal zwei Magazine seines Sturmgewehrs leergeschossen und mit ziemlicher Sicherheit keinen Menschen getroffen, aber das habe noch nie jemanden interessiert.

Als Gefangener sei er zuerst mit Tausenden anderen ins Stammlager 352 nach Masjukowtschina gebracht worden. Dort habe ihm ein deutscher Hauptmann namens Lippert das Leben gerettet. Er wisse bis heute nicht, was der Mann an ihm gefunden habe, vielleicht seien es bloß seine Deutschkenntnisse gewesen, jedenfalls habe er ihm dazu verholfen, dass er Mitte August 1941, also bereits nach sechs Wochen, dieser Hölle entkommen und eine Stelle als Ostarbeiter im Furnierwerk Drexler & Spatt in Templin antreten habe können. Er habe sich später mehrere Male nach diesem Hauptmann Lippert erkundigt, aber es habe ihm keiner Auskunft geben können, weder, wie er am besten zu erreichen sei, noch, ob irgendeine Beziehung zu Drexler & Spatt bestehe.

Anfangs habe er an den Dämpfgruben gearbeitet, dann beim Zuschneiden und Verpacken, am Schluss an den Schälmaschinen, das sei am schwierigsten und verantwortungsvollsten gewesen. Er habe sich in der Firma durchwegs wohlgefühlt, dreieinhalb Jahre lang – Essen, Quartier, alles sei in Ordnung gewesen –, und was dann passiert sei, habe mit den Umständen dort gar nichts zu tun gehabt. Dass die Aufträge im Kerngeschäft eingebrochen seien, habe in Wahrheit niemanden verwundert – wer kauft schon teure Möbelfurniere, wenn die Welt in Trümmer fällt –, und man sei in der Firma aufs Ausweichen an Nebenfronten eingestellt gewesen, auf Transportdienste zum Beispiel.

Am Morgen des 27. Februar sei der Auftrag eingegangen, einige Container aus Carinhall in der Schorfheide abzuholen, zum Bahnhof Oranienburg zu bringen und dort in einen bereitstehenden Güterwaggon zu verladen. Joachim, sein Vorarbeiter, und er seien in einen der Opel-Dreitonner gestiegen und zu zweit hingefahren. Joachim habe gesagt, er habe immer schon sehen wollen, wie denn der Herr Reichsmarschall so wohne. Ihm selbst seien diese Dinge völlig egal gewesen, Göring und sein Carinhall, und gesehen hätten sie außer Steinmauern und den vergitterten Fenstern des Pförtnerhauses im Grunde gar nichts. Das Zeug, das zu transportieren gewesen sei, sei nämlich bereits am Tor gestanden. Zwei mittelgroße, allseits geschlossene Holzcontainer und eine Käfigbox, die oben offen gewesen sei – er könne sich genau erinnern, gleichermaßen an den Fahrer des Gabelstaplers, der enorm lang gebraucht habe, bis er die paar Kisten auf der Ladefläche deponiert gehabt habe. Die Adresse auf den Aufklebern habe »Mauterndorf/Salzburg« gelautet, das habe er gleich registriert, und dass an dem einen schmalen Paket in der Käfigbox die Wachstuchhülle aufgegangen und ein breiter goldener Bilderrahmen sichtbar gewesen sei, ebenso.

Vielleicht könne man sagen, es habe sich um eine Art Infektion gehandelt oder um einen winzigen Anfall von Besessenheit – es sei für ihn jedenfalls augenblicklich vollkommen unvermeidlich gewesen, sich in Oranienburg mitsamt den Kisten in diesem Güterwaggon einschließen zu lassen.

An dieser Stelle unterbrach Leutnant Gollwitz Levjochins Erzählung, lachte spöttisch und sagte, diesen sentimentalen Kitsch könne er sich sparen – der Künstler, der durch den bloßen Kontakt mit einem Bild hypnotisiert werde, das glaube ihm doch keiner. Ihn interessiere viel mehr, was er seinem Vorarbeiter an Schweigegeld bezahlt habe, denn dieser Joachim werde wohl ebenfalls zur Rechenschaft gezogen werden müssen, außerdem, was er mit den Sachen in den Behältern gemacht habe. Zerstört? Sabotiert? Verkauft? »Angeschaut«, sagte Levjochin, er habe sie einfach angeschaut. Die Fahrt habe lange gedauert, und es sei hell genug gewesen, denn der Waggon habe ein Oberlicht gehabt, daher habe er die Objekte aus der Käfigbox gehoben und aus ihren Hüllen geschlagen. »Und?«, fragte der Leutnant. »Gelbe Kühe, verschobene Gesichter und manchmal eine blaue Sonne«, sagte Levjochin, vieles nicht ganz nach seinem Geschmack, aber ohne Zweifel von hoher Qualität.

Der Leutnant saß einen Augenblick ganz ruhig da, dann erhob er sich langsam, stützte sich auf die Tischplatte und beugte sich vor. Er wisse nicht recht, ob das jetzt einfach eine freche Lüge sei oder der Versuch, die Kunstauffassung des Reichsmarschalls in den Schmutz zu ziehen. So oder so handle es sich um die schiere Infamie, die einen freilich bei jemandem, der lüge, betrüge und feige desertiere, in Wahrheit nicht überrasche. Andererseits sei das jetzt vielleicht ein guter Zeitpunkt. Er wies auf den Stapel am Boden. »Zeigen Sie uns Ihr eigenes Geschmiere«, sagte er.

Levjochin bückte sich, hob die Blätter auf und legte sie nebeneinander auf den Stubentisch. »Und was soll das sein?«, fragte der Leutnant. Suprematismus, sagte Levjochin.

Suprematismus. Er verstehe.

Die Kunst der reinen Form, losgelöst vom Gegenstand, von der Natur und vom Menschen.

Von wem er diesen Schwachsinn habe, fragte der Leutnant, er sehe keine reine Form, sondern ein verzogenes Quadrat, sechs infantil wirkende Rechtecke und eine plumpe Raute. Levjochin sagte nichts. »Na?«, stieß der Leutnant nach. Es tue nichts zur Sache, der Herr Leutnant kenne diese Leute sowieso nicht. Das sei allerdings richtig, sagte der Leutnant, er lege auch keinen Wert darauf. »Ist das alles?«, fragte er dann. Levjochin nickte. »Der Alte hat noch was«, sagte Schwertfeger von der Tür her. »Welcher Alte?«, fragte der Leutnant. Der Bruder des Bauern, erwiderte Schwertfeger, er habe gesehen, wie er ein paar dieser Blätter zu sich ins Zimmer geschafft habe. »Holt ihn runter, mitsamt dem Zeug«, sagte der Leutnant. »Muss das sein?«, fragte Levjochin. Ob er denn noch etwas zu verbergen habe, fuhr ihn der Leutnant an.

Während sie warteten, erzählte Levjochin, er habe seinem Vorarbeiter damals übrigens kein Schweigegeld gegeben, ganz im Gegenteil. Sie hätten in der Absicht, am Kiosk ein Bier zu trinken, den Dreitonner auf dem Parkplatz vor dem Oranienburger Bahnhof abgestellt, und dort habe er Joachim gefragt, welche Variante ihm besser gefalle – der Ostarbeiter, für den er verantwortlich sei, sei einfach abgehauen, oder, der Ostarbeiter habe ihm davor noch eine auf die Mütze gegeben. Joachim habe sich sofort für letztere entschieden.

Laurenz Leithner, der Bruder des Bauern, stand gebückt in der Tür, drei Bögen des hellgrauen Zeichenkartons in der Hand, hinter ihm, doppelt so breit wie er, der junge Schwertfeger. »Lassen Sie sehen«, sagte der Leutnant. Der Mann trat an den Tisch und legte zwei Blätter auf, eins mit einem breiten gelben und darüber einem etwas schmäleren roten Rechteck, das andere mit einem stahlblauen Dreieck und einer schwarzen Spitze obenauf. »Was ist das?«, fragte der Leutnant. »Ein Haus und ein Schloss«, sagte Leithner, und Gollwitz meinte, das könne er zur Not gelten lassen.

»Und was ist mit dem dritten?«, fragte er. Laurenz Leithner schaute Levjochin fragend an, dann legte er das letzte Bild auf die Bögen mit Haus und Schloss.

Zu sehen war ein ins Zentrum des Blattes gesetztes hochgestelltes weißes Rechteck, das oben von einem etwa daumenbreiten schwarzen Streifen begrenzt wurde. Etwas unterhalb der Mitte der weißen Fläche befand sich ein kleines schwarzes Quadrat.

Schwertfeger, der neugierig von hinten herangekommen war, blickte eine Weile auf das Bild, dann begann er zu lachen. Der Leutnant war bleich geworden.

Der Gefreite Schwertfeger lachte, Levjochin schaute zu Boden, und natürlich hätte es sich am ehesten so zugetragen, dass der Leutnant auf Levjochin zugegangen wäre, ihn gepackt und an den Tisch gezerrt hätte. Dort hätte er, bebend vor Zorn, auf das Bild gezeigt und gefragt: »Ist es das, wofür ich es halte?!« Levjochin hätte erst geschwiegen und dann gesagt, suprematistische Kunst sei immer nur das, was sie sei, nicht mehr und nicht weniger. Er leugne also nicht, hätte der Leutnant gefragt, und Levjochin hätte erwidert, es sei das Wesen von Kunst, dass sie nichts leugne. Daraufhin hätte der Leutnant den Gefreiten Schwertfeger angeherrscht, er solle gefälligst mit dem Lachen aufhören und sagen, was er in dem Bild sehe. Schwertfeger wäre sichtlich sehr erschrocken gewesen, hätte herumgestottert und schließlich gesagt, der Herr Leutnant solle nicht böse sein, aber das traue er sich nicht.

Der Leutnant hätte sich danach wieder auf seinen Platz begeben und den rothaarigen Gefreiten angewiesen, mitzuschreiben.

Bei Michail Jegorowitsch Levjochin, geboren am 4. November 1919 in Udranka bei Minsk, handle es sich um einen russischen Kriegsgefangenen, der sich dem Dienst am deutschen Volk durch feige Flucht entzogen habe. Er habe sich an deutschem Eigentum, konkret vermutlich am Kunstvermögen des Reichsmarschalls Hermann Göring, vergriffen und auf diese Weise einen heute nicht mehr bezifferbaren Schaden angerichtet. Unter Ausnützung seiner Sprachkenntnisse habe er versucht, die Zugehörigkeit zu einer deutschen Volksgruppe vorzutäuschen. Schließlich habe er es unter dem Vorwand der Produktion angeblicher Kunst betrieben, einfache Menschen mit abartigem und defätistischem Gedankengut zu infizieren, ein Unternehmen, das am Ende sogar vor der niederträchtigen Verächtlichmachung des Führers nicht halt gemacht habe. Levjochin sei daher ohne jeden Zweifel schuldig der Desertion, der räuberischen Aneignung deutschen Eigentums und der Zersetzung des Wehrwillens des deutschen Volkes. Im Rahmen der Kriegsstrafverfahrensordnung und der Standgerichtsverordnung werde er zur Höchststrafe verurteilt. Für das Standgericht, Bernd Gollwitz, Leutnant. 31. März 1945.

Der rothaarige Gefreite hätte geschrieben, als sei jemand hinter ihm her, und der Gefreite Schwertfeger wäre wie versteinert neben Levjochin gestanden. Levjochin selbst hätte ab diesem Zeitpunkt den Kopf nicht mehr gehoben, auch nicht auf die Frage des Leutnants, ob er noch etwas sagen wolle. Der Leutnant hätte darauf gesagt: »Gehen wir.«

Levjochin, die beiden Gefreiten und der Leutnant wären das Haus und den Wagenschuppen entlanggegangen bis zum letzten der Birnbäume. Dort hätte der Leutnant befohlen: »Anlegen!« Weil der rothaarige Gefreite kreidebleich und völlig regungslos dagestanden wäre und der Gefreite Schwertfeger gesagt hätte: »Herr Leutnant, ich glaube, er kann das nicht«, hätte Leutnant Gollwitz seine Pistole gezogen und Levjochin ins Genick geschossen.

So wäre es am ehesten gewesen.

Laurenz Leithner erzählte später, er habe sich in dem Moment vom Tisch abgewandt, um die Stube in Richtung Küche zu verlassen, als der Leutnant den dicken Gefreiten aufgefordert habe, zu sagen, was er in dem Bild mit dem kleinen schwarzen Quadrat in der Mitte erkenne. Das Letzte, was er gehört habe, sei die Bemerkung Schwertfegers gewesen, er traue sich das nicht, außerdem das Geräusch der Stiefel des Leutnants auf dem Stubenboden, als er um den Tisch herum zu seinem Platz zurückgegangen sei. Laurenz habe die Bäuerin gefragt, wo ihr Mann sei, und sie habe gesagt, vermutlich fülle er draußen vor dem Wagenschuppen die Sämaschine, denn die Sommergerste sei ja erst zur Hälfte ausgebracht.

Laurenz habe seinen Bruder tatsächlich dort angetroffen. Die beiden seien für kurze Zeit einfach dagestanden, der Bauer in einem dunkelblauen Arbeitsanzug und er selbst in seinem schwarzen Schurz. Er habe seinem Bruder erzählt, was da in der Stube vorgefallen sei, und am Ende habe er gesagt, dass der Krieg sie alle zu Feiglingen mache.

Als sie dann aus dem Haus gekommen seien, Levjochin zwischen den beiden Gefreiten, der Leutnant vorneweg, habe Jakob die Holzschaufel genommen, mit der er zuvor Getreide umgefüllt gehabt habe, sei den Männern entgegengegangen und habe einige Schritte vor den Bäumen auf sie gewartet. Der Leutnant sei stehen geblieben und habe nichts gesagt. Jakob habe die Schaufel auf den Boden gestellt, dem Leutnant in die Augen geschaut und gefragt: »Schämen Sie sich nicht?«

Der Leutnant habe dem Blick des Bauern für einige Sekunden standgehalten. Dann habe er gegrinst und sich langsam umgewandt. Er habe eine wegwerfende Geste in Richtung Levjochin gemacht und gesagt, er solle verschwinden. Der Russe habe kurz den Kopf gehoben. Dann sei er einfach gegangen.

1. April 1945

Im Halbschlaf nehme ich wahr, dass Annemarie auf meiner Seite neben dem Bett steht. Sie weint. »Was ist los?«, frage ich, und sie sagt, dass sie sich nass gemacht hat. »Macht nichts«, sage ich, »ist mir auch schon passiert.« Ich klettere aus dem Bett. Als sie merkt, dass ich zum Lichtschalter greifen möchte, hält sie mich zurück. »Bitte nicht«, sagt sie. Ich nehme sie an der Hand, und wir gehen runter in die Küche. Hier müsse ich aber Licht machen, sage ich. Sie nickt.

Ihr Nachthemd klebt vorne und hinten an ihren Schenkeln. »Ausziehen«, sage ich. Sie zögert. »Du brauchst dich nicht zu schämen«, sage ich.

Ich nehme eine Emailschüssel aus dem untersten Fach des Geschirrschrankes und gieße aus der großen Blechkanne, die auf dem Küchenherd steht, Wasser ein. Es ist noch lauwarm. Ich tauche ein Geschirrtuch ins Wasser, wringe es aus und wische Annemarie dort ab, wo sie nass ist. Sie schaut betreten, und ich denke, dass es kaum etwas gibt, das sich so gut anfühlt wie sie, sogar durchs Geschirrtuch hindurch.

Im Abstellraum hinter der Speisekammer weiß ich einen Stapel frisch gewaschener alter Handtücher. Ich hole ein paar von ihnen. »Was machst du damit?«, fragt Annemarie.

»Dich trockenlegen«, sage ich. Der Wäscheschrank steht im Schlafzimmer der Großeltern. Dorthin will ich momentan nicht. Wir lassen das Nachthemd eingeweicht in der Abwasch und gehen wieder rauf. Ich breite die Handtücher ins Bett, in der Mitte in Doppellage. »Kannst du ohne Nachthemd schlafen?«, frage ich. Annemarie nickt. »Sonst gebe ich dir meins«, sage ich. »Nein, das geht schon«, sagt sie.

Sie rollt sich seitlich ein und schläft sofort.

Ich liege den Rest der Nacht wach, keine Ahnung, warum. Ich denke, dass man sich nass machen kann, wenn bestimmte Dinge passieren, und ich denke, dass Annemarie in den letzten Tagen kaum noch gefragt hat, ob Agnes sie adoptieren wird. Ich denke an die Brille des Leutnants, an Antonia, die stundenlang geschrien hat, und an die Augen der heiligen Lucia, und ich denke, dass es gut ist, wenn jemand anderer da ist, und gar nicht gut, wenn jemand nicht mehr da ist, ganz egal, ob Krieg ist oder nicht. Ab einem bestimmten Zeitpunkt denke ich immer das Gleiche, so lange, bis es draußen dämmrig wird. Dann weiß ich, was ich zu tun habe.

Ich schlüpfe aus dem Bett und kleide mich an, Unterhose, Unterhemd, Strümpfe, grün-schwarz karierter Kittel, Wolljacke. Die dunkelbraunen Schuhe, die Katharina zu klein sind. Ich hole Annemaries Schultasche unter dem Bett hervor, leere sie aus und stecke meine braunen Hefte und die Bleistifte hinein. Sie würde es verstehen. Ich habe sonst nichts, worin ich die Sachen tragen kann. Sie schläft tief, als ich die Kammer verlasse.

Vor dem Haus singt eine Amsel. Sie soll still sein. Ich mag Amseln nicht. Während ich am Wagenschuppen vorbeigehe, schließe ich die Augen. Wie ein kleines Kind, denke ich, – nichts ist geschehen, gar nichts. Als ich sie wieder öffne, sehe ich, dass nichts mehr unter den Birnbäumen steht, nicht die Heuwagen, nicht das Güllefass, nicht die beiden Pflüge.

Ich steige auf den Heuboden, gehe ganz nach hinten und greife die Planken entlang nach unten, bis ich das Wachstuch spüre. Ich ziehe das längliche Ding hervor, klemme es mir unter die Achsel und klettere wieder hinunter. Draußen vor der Scheune hänge ich mir erst die Schultasche auf den Rücken, dann das eingerollte Bild.

Ich mache einen Bogen um den Wagenschuppen, gehe schräg über den Acker, bis ich an einer Böschung mit Haselnusssträuchern den Weg erreiche. Ich folge ihm bis in den Graben. Dabei drehe ich mich mehrmals um. Ich weiß, es ist kindisch, aber ich möchte das Dach des Hofes verschwinden sehen.

In dem Moment, in dem es weg ist und links von mir der Löschteich auftaucht, weiß ich, dass das die richtige Stelle ist. Ich trete auf den Wiesenstreifen neben dem Teich, nehme die Sachen von meinem Rücken und beginne die Bänder, die die Rolle zusammenhalten, zu lösen. Als ich das Wachstuch zurückschlage, rieseln winzige blaue Körner über meine Finger. Ich zucke unwillkürlich zurück, so, als wäre es Gift.

Das Bild ist steifer, als ich gedacht habe, daher suche ich am Rand des Teiches einige größere Steine. Nachdem ich die erste Handbreit der Leinwand abgerollt habe, lege ich die Steine auf die freie Kante. Ab da geht es leichter.

Erst ein Regenbogen in Weiß, Orange und Grün. Dann ein blauer Pferdekopf. Dahinter ein zweiter Pferdekopf, mehr in Orange. Darunter noch zwei blaue Pferde, auf der Brust des vordersten ein dunkelblauer Halbmond. Links ein paar Hügel in Rot und Grün.

Es gibt Dinge, mit denen rechnest du nicht – mit Scharen von Flugzeugen am Himmel, mit Märtyrergeschichten, damit, wie gut sich jemand anfühlt, oder damit, dass jemand eine Ballade aufsagt. Manchmal rechnest du nicht mit der Bosheit von Menschen und manchmal nicht mit einem Bild, auf dem vier aufeinandergetürmte Pferde leuchten wie hundert brennende Ölzüge.

Ich hocke an einem kleinen dunklen Teich auf meinen Fersen und weiß zwei Dinge. Erstens, dass Bilder genau so sein müssen – wie hundert brennende Ölzüge, und zweitens, dass Michail Levjochin dieses Bild nicht gemalt hat. Vielleicht hat er es doch gestohlen.

Etwas später sitze ich immer noch auf diesem Wiesenstreifen und schreibe in eins meiner braunen Hefte. Ich schreibe das, was ich in letzter Zeit neben den Geschichten immer wieder geschrieben habe – von einem entgleisten Zug und von einem Mädchen, das in diesem Zug liegt, zugedeckt von anderen Menschen. Es sind nur ein paar Sätze, die dann nicht weitergehen, und ich weiß überhaupt nicht, warum ich sie schreibe.

Genauso wenig weiß ich, wohin ich jetzt gehen oder was ich als Nächstes tun werde. Wenn mich jemand fragt, wer ich bin, werde ich sagen: Das steht in meinen Heften. Das weiß ich. Vielleicht werde ich auch sagen, dass ich Nelli heiße. Das muss aber nicht sein.

Die Geschichte
vom glücklichen Ende

Sie waren ein Stück von den Birnbäumen abgerückt und hatten die Grube mitten in der Wiese ausgehoben, vielleicht zehn Meter vom Wagenschuppen entfernt. Dennoch waren sie auf jede Menge Wurzeln gestoßen. Sie hatten zu viert gearbeitet und einander beim Graben abgewechselt, der Bauer, sein Bruder und die beiden Gefreiten. Alles in allem waren sie ziemlich rasch auf eineinhalb Metern Tiefe angelangt gewesen. Vor allem der Gefreite Schwertfeger hatte sich ins Zeug gelegt. Leutnant Gollwitz, der die Sache überwachte, hatte gesagt, er grabe wie ein Tier, von einem Bayern sei aber auch nichts anderes zu erwarten. Schwertfeger hatte den Eindruck erweckt, als habe er das Ganze gar nicht gehört.

Es war knapp, nachdem der Leutnant befunden hatte, es sei jetzt genug, und sie bräuchten nicht mehr tiefer zu graben, als Laurenz Leithner seinen Spaten nach oben auf die Wiese legte, aus der Grube kletterte und dem Leutnant sagte, ihm sei kalt, er müsse sich noch etwas anziehen. »Kalt?«, fragte der Leutnant, und Leithner sagte, ja, er friere ständig, er habe es auf der Lunge.

Er stieg die Treppe hoch zu seinem Zimmer. Er zitterte

tatsächlich, und unmittelbar, bevor er die Tür öffnete, musste er eine Hustenattacke wegatmen.

Er zog die mittlere Schublade seines Sekretärs auf und nahm zwei Briefumschläge heraus, einen hellbraunen und einen weißen. Er feuchtete mit der Zunge die Spitze eines Tintenbleistifts an, strich das T, das in die rechte obere Ecke des weißen Umschlags geschrieben worden war, durch und schrieb »Laurenz Josef Leithner, Testament« in die Mitte. Danach entnahm er dem hellbraunen Umschlag, auf dem ein Stempel der deutschen Wehrmacht zu sehen war, ein Schreiben, entfaltete es und legte es neben dem weißen Kuvert auf die Platte des Sekretärs. Das Schreiben trug abgesehen vom Stempel der Wehrmacht noch einen zweiten, auf dem ein Windhund über eine Wiese lief.

Laurenz Leithner trat an seinen Kleiderschrank, nahm den graugrünen Filzmantel, der am linken Ende der Stange hing, vom Bügel und schlüpfte hinein. Er steckte den leeren Briefumschlag mit dem Wehrmachtsstempel in die Außentasche seines Mantels, bevor er das Zimmer wieder verließ.

Die drei anderen waren mit dem Zuschütten der Grube gut vorangekommen. Schwertfeger und der Bauer waren dabei, die Erde festzustampfen, und der rothaarige Gefreite glättete sie mit dem Blatt seiner Schaufel.

Laurenz Leithner ging auf den Leutnant zu, zog den Briefumschlag aus der Manteltasche und sagte, er müsse dem Herrn Leutnant etwas zeigen. Leutnant Gollwitz sah den Wehrmachtsstempel und fragte, um was es sich handle. Laurenz Leithner deutete mit dem Kopf verhalten in Richtung seines Bruders und sagte halblaut, das könne er ihm nur unter vier Augen erklären.

»Ist Ihnen jetzt wärmer?«, fragte der Leutnant, während die beiden den Schuppen entlanggingen, und Laurenz sagte, ja, danke.

Die Schuppenrückseite zeigte nach Westen, lag daher im Schatten. Der Leutnant führte den Briefumschlag nah an seine Augen heran, um den Stempel genauer zu betrachten.

In den paar Momenten, in denen der Leutnant die Brauen runzelte, ins Innere des Kuverts griff, irritiert schaute und dann den Kopf hob, zog Laurenz Leithner die beidseits abgesägte Schrotflinte aus der Innentasche seines Mantels, spannte die Hähne und richtete den Lauf auf den Magen des Leutnants, dorthin, wo das Brustbein gerade zu Ende war.

Laurenz Leithner erzählte später, der Leutnant sei, bevor er, Laurenz, die beiden Abzüge betätigt habe, mit dem Satz »Der ist ja leer« gerade noch fertig geworden.

Der rothaarige Gefreite habe danach zu weinen begonnen, und Schwertfeger habe von sich aus auf die eben erst zugeschüttete Grube gedeutet und gesagt: »Aber da legen wir ihn nicht hinein.«

Zu viert hätten sie den Leutnant zum Haus hinaufgetragen, an die Südseite des Stallgebäudes. Der Bauer habe ein Nageleisen geholt und mit ihm den Betondeckel der alten Kalkgrube angehoben. Bevor sie den Leutnant hineinfallen hätten lassen, habe der rothaarige Gefreite gefragt: »Die Brille auch?«

Keiner habe gelacht.